Alte Liebe

© *Isolde Ohlbaum*

Elke Heidenreich, geboren 1943, lebt in Köln. Sie studierte Germanistik und Theaterwissenschaft und arbeitete bei Hörfunk und Fernsehen.

Bernd Schroeder, geboren 1944 in Aussig, lebt in Köln. Er wurde 1992 mit dem Bundesfilmpreis ausgezeichnet.

Gemeinsam schrieben Elke Heidenreich und Bernd Schroeder die Geschichten *Rudernde Hunde*.

Elke
Heidenreich
Bernd
Schroeder

Alte Liebe

Roman

Weltbild

Besuchen Sie uns im Internet:
www.weltbild.de

Genehmigte Lizenzausgabe für Verlagsgruppe Weltbild GmbH,
Steinerne Furt, 86167 Augsburg
Copyright der Originalausgabe © 2009 by Carl Hanser Verlag, München
Umschlaggestaltung: Johannes Frick, Augsburg
Umschlagmotiv: © www.images.com / Corbis, Düsseldorf
Gesamtherstellung: GGP Media GmbH, Pößneck
Printed in the EU
ISBN 978-3-8289-9713-4

2013   2012   2011   2010
Die letzte Jahreszahl gibt die aktuelle Lizenzausgabe an.

I | LORE

Das gibt wieder endlose Diskussionen. Und am Ende werden wir doch hinfahren. Aber zuerst muss ich mir die ganze Litanei anhören, immer und immer –

Damit will ich nichts zu tun haben, Das interessiert mich nicht mehr, Natürlich ist sie meine Tochter, aber ihr Privatleben geht mir allmählich am Arsch vorbei, Auf welcher Müllkippe hat sie diesen Kerl nun wieder gefunden …

Ich hör es schon. Ich würde ihm am liebsten sagen: Harry, halt jetzt einfach den Mund, sag jetzt einfach gar nichts, nimm den Brief hin, lass uns zu dieser idiotischen Hochzeit fahren, ja, es ist eine idiotische Hochzeit, ja, du hast recht, aber es ist nun mal unsere Tochter und ich finde es völlig müßig, alles jetzt noch mal von vorn durchzukauen.

Was für ein Theater aber auch mit diesem Kind. Ich ärgere mich über Harrys Kommentare, die ich schon jetzt höre, als hätte er sie bereits losgelassen, ich kenn doch meinen Harry. Aber er hat recht, verdammt noch mal, er hat recht.

Glorias Leben ist eine einzige Katastrophe. Sechsunddreißig Jahre, der dritte Mann, eine entsetzliche Ehe nach der anderen. Und dieser Mann ist auch falsch, ich fühle das. Eine Mutter fühlt so was. Das geht auch schief. Was haben wir bloß falsch gemacht mit diesem Kind. Sie war so ein süßes kleines Mädchen, blonde Locken, diese Sternenaugen, wie schön sie Klavier gespielt hat. Wir haben sie nie zu irgendwas gezwungen. Als sie die Schule abbrechen wollte, haben wir sie gelassen, als sie nach Indien wollte, haben wir sie gelassen, wir haben sie immer gelassen, vielleicht war das falsch. Sie wollte nicht so leben wie wir. Das wollen Kinder ja nie. Aber mein Gott, wie leben wir denn, ist das denn so schlecht? Immerhin hat unsere Ehe alle Stürme überdauert, eine 68er Ehe, das muss man erst mal bringen. Und Gloria – schon der dritte Ehemann. Die vielen überflüssigen Affären gar nicht mitgezählt. Ich weiß nicht, was ich Harry sagen soll. Ich sage erst mal gar nichts. Ich lass ihn den Brief lesen. Da muss er jetzt durch.

Und ich auch.

*

»Hast du gelesen?«

»Ja, natürlich.«

»Dann sag was.«

»Lore, was soll ich da denn sagen? Du weißt alles, was ich dazu sagen könnte.«

»Sie ist unsere Tochter, Harry.«

»Natürlich ist sie unsere Tochter. Sie bleibt auch immer unsere Tochter. Aber du weißt genau, dass mir ihr desaströses Privatleben allmählich am Arsch vorbeigeht.«

»Ich wusste, dass du das sagen würdest.«

»Warum fragst du dann.«

»Wir fahren also nicht?«

»Du kannst gern fahren, keiner hindert dich. Aber ich habe keine Lust, schon wieder einen dieser Kerle kennenzulernen, die sie auf irgendwelchen Müllkippen findet.«

»Sie ist Mitte dreißig. Vielleicht ist es …«

»Sie ist bald Ende dreißig und es ist dieselbe Scheiße wie immer. Warum muss sie eigentlich jedes Mal heiraten? Wie spießig ist das eigentlich?«

»Wir haben auch geheiratet.«

»Ja. Einmal. Damals. Aus Liebe.«

»Liebe.«

»Ach, jetzt war es nicht mal mehr Liebe?«

»Darüber diskutier ich mit dir nach vierzig Jahren nun wirklich nicht mehr.«

»Wie gesagt, du kannst gerne fahren, ich guck mir diesen Basedow nicht an.«

»Bredow.«

»Bredow, Basedow, Ossi, oder?«

»Kann sein. Ich weiß es nicht, Harry, er hat viel Geld, schreibt sie. Sie wäre endlich – na ja, versorgt.«

»Ich hör wohl nicht richtig. Muss sie versorgt werden? Die hat doch eine Ausbildung!«

»Sie hat drei Ausbildungen, sie hat nichts abgeschlossen, sie hat das Kind, sie hat immer gearbeitet, aber du weißt doch selbst, dass das alles nicht rosig war. Nicht rosig ist. Warum soll nicht mal ein reicher ...«

»Besser als dieser Schluffi.«

»Schluffmann. Das ist nun zwanzig Jahre her, Harry, sie war siebzehn, mein Gott.

»Indien. Schluffi-Hochzeit in Indien. Ich sag am besten gar nichts mehr.«

»Ja, dann lass es doch. Ich fahr jedenfalls hin.«

...

»Wann soll das sein?«

»Im Herbst.«

»In Leipzig?«

»In Leipzig.«

»Ossi. Was macht der Kerl, außer Geld haben?«

»Das schreibt sie nicht.«

»Das schreibt sie nicht. Aha. Da stimmt doch wieder was nicht.«

»Harry, du machst mich wahnsinnig. Setz dich hin. Lass uns vernünftig reden.«

»Ich rede nicht unvernünftig. Nicht dass ich wüsste. Sie schreibt nichts von Laura.«

»Doch, dass Laura sich gut mit Frank versteht.«

»Frank?«

»Bredow.«

»Frank Basedow.«

»Bredow.«

»Herrgottnochmal, ich weiß es nicht. Ich weiß nicht, was ich tun soll, sie ist meine Tochter, ja. Es ist unser Enkelkind, ja. Aber ich kann das nicht mehr ernst nehmen. Nichts mehr. Verstehst du das nicht?«

…

»Lore, ob du das nicht verstehst?«

»Ja. Doch.«

»Na also.«

2 | HARRY

Früher, wenn mit Gloria irgendwas war – und irgendwas war ja immer –, fragte Lore meistens, Harry, was haben wir falsch gemacht? Das fragt sie Gott sei Dank nicht mehr.

Wir haben nichts falsch gemacht, Lore. Ich lehne es ab, immer etwas in der Erziehung falsch gemacht zu haben, wenn die erwachsenen Kinder mit dem Leben nicht zurechtkommen. Wir haben Gloria ein intaktes Familienleben geboten. Wir waren immer für sie da und wir haben sie in Ruhe gelassen. Sie hatte alle Freiheiten und alle Möglichkeiten. Ich glaube, eines ihrer Probleme war, dass sie das gar nicht zu schätzen wusste, weil es so selbstverständlich war. Einmal, ich erinnere mich, Gloria war schon fast zwanzig und gerade aus Indien zurück und ziemlich am Ende, da sagte ich, ach, Kind, du hast so schön Klavier gespielt. Es war so schade, dass du das nicht weitergemacht hast. Sie hatte ja Begabung, von wem wissen wir nicht. Sie sang schön, war wirklich musikalisch. Da sagt sie doch tatsächlich: Ihr hättet mich eben zwingen müssen. Na fein! Das hätte ich erleben wollen, wenn wir sie jemals zu irgendetwas gezwungen hätten. Zwingen! Wie denn? Womit denn? Mit Ohrfeigen, Strafen, Verboten? Hätten wir sie zwingen sollen, die Schule fertig zu machen? Hätten wir verhindern sollen, dass sie nach Indien ging mit diesem Schluffi? Hätten wir sie zur Abtreibung zwingen sollen, als sie später dann schwanger war von einem Kerl, der sich schon während ihres ersten Schwangerschaftsmonats abseilte? Nein, das war bei uns nicht drin. Wir waren durch unsere autoritären und kriegsgeschädigten Eltern gewarnt. In diesen Dingen – in vielen anderen nicht – waren Lore und ich uns ziemlich einig. Natürlich war Lore der Tochter immer näher. Vielleicht denkt sie deswegen manchmal darüber nach, was sie falsch gemacht haben könnte, und dann sagt sie wir, wir haben was falsch gemacht.

Nun also Frank Bredow, gerade mal zehn Jahre jünger als ich, der Mann, den wir nicht kennengelernt haben, von dem bisher nie die Rede war, den sie vor einem halben Jahr wohl selbst noch gar nicht kannte. Frank Bredow, Leipzig, Heirat im September, Einladung zu großer Hochzeit. Kann man das ernst nehmen? Da heiratet die zum dritten Mal und macht ein solches Brimborium! Also ich weiß nicht – und ich will nicht.

Frank Bredow. Ich habe über den Mann gegoogelt. Eckhart Bredow, der Vater, Inhaber der Firma Bredow-Bau-Hamburg (BBH), Immobilien, Baufirmen, zwölfhundert Angestellte. Sohn Frank Bredow, Juniorchef und Leiter der Filiale der BBH in Leipzig, vierhundert Angestellte. Also kein Ossi, liebe Lore. Leipzig, dachte ich mir, Leipzig, da ist doch der Kollege Polenz aus dem Bauamt nach der Wende hingegangen. Ich also den Polenz angerufen. Interessante Informationen! Die Bredows haben nach der Wende eine große Gründerzeitvilla mit sehr viel Grund und Boden zurückbekommen. Frank Bredow hat das Anwesen übernommen, restauriert und zugleich eine Filiale der väterlichen Firma aufgezogen. Er ist sozusagen von Beruf Erbe, sagt Polenz. Reiche Leute, naturgemäß im Osten nicht beliebt. Frank Bredow, so Polenz, ist ein arroganter, unangenehmer Kerl. Großkotz, kriegt aber jetzt was auf den Deckel. Er hat ungenehmigt einen Tennisplatz mit Kunstrasen vor seine Villa gebaut, mitten in ein Wohngebiet. Das hat die Stadt untersagt. Jetzt prozessiert er mit den Behörden herum, was natürlich die Chancen, mit der Stadt Immobiliengeschäfte zu machen, nicht gerade begünstigt. Jedenfalls, sagt Polenz, er wird sich den Tennisplatz abschminken müssen.

Und dann hat er gefragt, warum mich der Mann interessiert. Er wird mein Schwiegersohn, hab ich gesagt, und ich hab gemerkt, wie fassungslos der Polenz war. Jetzt wollte er einiges zurücknehmen, klar, aber ich hab gesagt, ist schon gut, Polenz, ich kenn den Kerl nicht und ich glaube auch, dass ich ihn nicht mag. Übrigens, sagte Polenz am Ende noch, seine Firma heißt Kaiserreich, nach der Mutter, einer geborenen Kaiser. Kaiserreich. Das muss einem einfallen.

Wann, wie und ob überhaupt ich das Lore erzähle, weiß ich noch nicht. Vielleicht ist es gut, wenn sie unvoreingenommen zu dieser Hochzeit fährt. Ich werde mich drücken – vielleicht krank werden, wer weiß.

*

»Ist sie denn eigentlich glücklich, Lore, hört man mal dazu was oder ist das egal?«

»Ich glaube, unsere Tochter ist zum ersten Mal im Leben richtig glücklich.«

»Das wär ja mal schön. Und woher willst du das wissen?«

»Sie sagt es.«

»Hat sie das nicht jedes Mal gesagt, wenn sie einen neuen Kerl hatte?«

»Hat sie nicht.«

»Doch.«

»Sei doch nicht so stur. Lass doch mal den Gedanken zu, dass Gloria älter und vernünftiger geworden ist. Sie macht am Telefon einen sehr ausgeglichenen Eindruck. Das war nicht immer so.«

»Wahrlich.«

»Das war niedlich: ich hab sie gefragt, ob sie nicht Schwierigkeiten damit hätte, nun plötzlich so einen wohlhabenden Mann zu haben. Mama, hat sie gesagt, Frank ist nicht wohlhabend, er ist reich, steinreich, aber ich habe überhaupt kein Problem damit.«

»Woher hat der denn die Kohle? Geerbt?«

»Das auch. Der Vater macht irgendwas mit Immobilien in Hamburg. Frank ist der einzige Sohn und hat eine Dependance der Firma in Leipzig, wo sie eine Riesenvilla haben.«

»Und da wohnen sie?«

»Ja, Frank, Gloria und Laura. Und Personal.«

»Personal? Wie kommt unser einstiges Freakmädchen mit Personal zurecht?«

»Sie wird ja auch älter, Harry. Die Villa muss riesig sein, renoviert, denkmalgeschützt, großes Grundstück, Stallungen für Pferde, ein Park und ein Pförtnerhaus. Und stell dir vor, vor dem Haus haben sie einen eigenen Tennisplatz.«

»Vor der denkmalgeschützten Villa mitten im Wohngebiet?«

»Ja. Warum nicht?«

»Würde mich wundern, wenn das in Leipzig erlaubt wäre, privater Tennisplatz mitten in einem Wohngebiet.«

»Ich glaub, es hat ein bisschen Ärger gegeben, aber jetzt existiert der Tennisplatz. Frank hat wohl Beziehungen, er hat es irgendwie als ›Wiese mit Streifen‹ deklariert. Komisch, oder? Wiese mit Streifen. Zur Hochzeit wird er eingeweiht. Und Gloria schenkt Frank zur Hochzeit so einen Hochsitz.«

»Einen Hochsitz? Geht der etwa zur Jagd?«

»Nein, so einen Schiedsrichterstuhl für den Tennisplatz, wo er oben draufsitzen kann, wenn sie mit anderen Tennis spielt und er den Schiedsrichter macht – oder Punktrichter oder wie das heißt.«

»Wie ein Kaiser auf dem Thron, der über sein Kaiserreich blickt und Punkte vergibt.«

»Harry, ich verstehe deine Ironie nicht.«

»Das kam mir gerade so als Bild. Ist er groß oder klein?«

»Normal, wie ein Tennisplatz eben, denke ich.«

»Nein, der Schwiegersohn.«

»Eher klein und untersetzt.«

»Sagt Gloria das?«

»Nein. Ich weiß jetzt nicht, wie ich dir das sagen soll, Harry, ich bin doch auch verunsichert durch diesen plötzlichen Wandel im Leben unserer Tochter. Man macht sich doch auch Sorgen.«

»Warum? Nun ist sie doch versorgt.«

»Genau das ist es doch, was mich verunsichert hat.«

»Dachtest du, aha, jetzt reißt sie sich einen Reichen unter den Nagel, egal, was es für eine Type ist.«

»Ich wollte einfach wissen, was für ein Mensch er ist und ob ich Glorias Euphorie trauen kann.«

»Und weißt du es jetzt?«

»Na ja. Ich habe eine Kollegin aus der Leipziger Stadtbibliothek angerufen – die hab ich mal auf einem Lehrgang kennengelernt. Die hab ich ausgefragt.«

»Detektivin Lore, besorgte Mutter. Und was sagt die?«

»Sie sagt, dass die Bredows in Leipzig praktisch jeder kennt. Alteingesessene Familie, vor dem Krieg gehörten sie zu den Stadthonoratioren. Dann sind sie geflohen und jetzt zurückgekommen. Sie kennt Frank persönlich. Er sei sehr großzügig, habe zum Beispiel für den Ausbau der Bibliothek gespendet, tue viel für die Stadt und sei ein umgänglicher Mensch und sehr beliebt.«

»Und klein und untersetzt.«

»Das auch.«

»Also vermutlich kleiner als Gloria.«

»Vermutlich.«

»Lore, wie fändest du es, wenn unser Nachbar drüben die große Wiese vor seinem Haus zum Tennisplatz umbauen würde?«

»Was soll das denn jetzt, das ist doch ganz was anderes.«

»Und wir würden hier sitzen und es flögen uns die Tennisbälle um die Ohren. Und auf einem Schiedsrichterstuhl säße der Nachbar und würde rufen: fünfzehn, dreißig, Matchball, Ausgleich! Würde dir das gefallen?«

»Natürlich nicht.«

»Vielleicht gefällt das ein paar Leuten in Leipzig auch nicht.«

3 | LORE

Ich bin so deprimiert. Ich sollte mich doch freuen, eigentlich. Mein einziges Kind heiratet einen reichen Mann und ist endlich versorgt, mein Sorgenkind. Versorgt. Furchtbarer Gedanke. Man muss doch selbständig sein. Gloria war nie selbständig. Sie hat tausend Sachen angefangen, nichts fertig gemacht, und seit sie das Kind hat, waren es sowieso alles nur mickrige Jobs. So gesehen – jetzt muss sie sich nicht mehr abrackern. Sie wird auch älter. Wenn es nur diesmal hält, aber … Ach was. Nein, so will ich nicht denken. Das ist ja jämmerlich, dass ausgerechnet ich so denke. Trotzdem. Wenn sie diesmal geschieden wird, der kann wenigstens was zahlen. Ich hab mein Leben lang gearbeitet. Ich wüsste gar nicht, wie ich ohne meine Arbeit über die Runden kommen sollte. Ich brauche die Bibliothek, und die da brauchen mich. Jetzt die Lesung, keiner hat das mit der Organisation so im Griff wie ich. Die sind alle zu jung, zu unmotiviert, oder dick und dumm und faul wie Christa. Christa sitzt immer nur und frisst. Mich wollen sie pensionieren, weil ich das Alter hätte – Christa ist zwölf Jahre jünger, aber die tut nichts, nichts. Die sollten sie rausschmeißen, nicht mich.
Rausschmeißen lass ich mich sowieso nicht. Ich geh weiter hin, die brauchen mich doch. Soll Christa den Martin begrüßen? Ich mein, ich seh es schon. Mit Streuselkuchen in der Hand, kauend. Die hat doch nicht mal ein Buch von ihm gelesen, die kennt ihn nur aus dem Computer.

Früher war es viel schöner, als es noch Karteikarten gab. Ich hab das so geliebt, für jedes Buch ein Kärtchen, und hinten konnte man sehen, wie oft es ausgeliehen worden ist. Heute hockt man vor diesem Computer. Und wenn jetzt noch das E-Book kommt – du lieber Himmel! Jaja. Die neue Zeit. Ich scheiß doch auf die neue Zeit. Wieso ist neu immer automatisch gut?

Ach, ich hab einfach schlechte Laune. Das Wetter. Das Alter. Alles. Ich fühl mich müde und angestrengt, aber das darf ich keinem sagen, Lore ist doch immer so stark, Lore schafft doch immer alles, und Harry muss ich das auch vorspielen, sonst lässt der sich noch mehr hängen. Harry ist so mürrisch geworden. So muffig, so gegen alles. Manchmal hab ich so eine Wut auf ihn. Jetzt wieder, wegen der Hochzeit. Was für ein Theater, was für zermürbende Diskussionen und wozu das alles? Am Ende fährt er ja doch mit. Mir graut vor dieser Hochzeit. Mir doch auch. Aber das ist auch so was, was ich nicht sagen darf. Schon gar nicht zu Harry.

✳

»Harry, ich freu mich richtig auf die Hochzeit, weißt du.«

»Du hast sie ja nicht alle. Was freut dich denn da?«

»Ach, vielleicht wird es ein schönes Fest. Vielleicht ist ja alles wunderbar.«

»Man kann sich alles schönreden.«

»Aber du fährst mit, oder? Du lässt mich da doch nicht allein?«

»Ich weiß es nicht, Lore. Ich will morgen mal mit Gloria telefonieren, mal die Stimmung testen.«

»Mach' s doch heute.«

»Heute kann ich nicht.«

»Wieso kannst du heute nicht?«

»Ich spiele heute Golf mit Ede, und da will ich mir die Laune nicht verderben lassen.«

»Ach, du weißt also schon von vornherein, dass dir ein Telefongespräch mit unserer Tochter die Laune verdirbt, ja?«

»Bitte, Lore.«

»Ist doch wahr. Du machst einem alles kaputt, weißt du das?«

»Was mach ich denn jetzt kaputt?«

»Alles. Meine Laune.«

»Du hast schon den ganzen Morgen schlechte Laune. Ich geh aber gleich, dann kannst du in Ruhe brummeln.«

»Ich hab keine schlechte Laune. Ich ärger mich.«

»Wieso, worüber? Ich schon wieder?«

»Ich ärger mich, weil ich dir extra gesagt habe, dass heute die Lesung ist. Du könntest ruhig mal mitkommen. Aber nein, Golf spielen. Golf! Wenn uns das damals jemand gesagt hätte. Golf. Harry spielt Golf.«

»Was für eine Lesung?«

»Na, in der Bibliothek. Heute liest Martin.«

»Was für ein Martin?«

»Mein Gott, was für ein Martin, was für ein Martin. Walser.«

»Walser? Was liest der?«

»Sein neues Buch. Du kennst ja nicht mal die alten. Du liest ja gar nicht mehr. Golf!«

»Ein flüchtiges Pferd hab ich neulich …«

»Fliehendes.«

»Ein fliehendes Pferd. Kenn ich, hab ich neulich gelesen.«

»Das ist Jahrzehnte her.«

»Na und, seit wann spielt es eine Rolle, wie alt ein Buch ist?«

»Du liest nicht, du interessierst dich nicht, du verblödest.«

»Ach, ich verblöde. Na dann. Wenn du nur gescheit bist und immer alles weißt.«

»Du liest nicht. Das stimmt nun mal.«

»Ich lese jeden Tag die Zeitung.«

»Ja, den Sport – das ist kein Lesen.«

»Doch. Außerdem lese ich nicht nur den Sport, sondern auch die Politik. Und ich treibe Sport.«

»Golf.«

»Kannst du vielleicht mal damit aufhören, dich auf dieses dämliche Golf einzuschießen?«

»Jetzt sagst du selbst, dass es dämlich ist.«

»Ich bin mit Ede an der frischen Luft, das willst du doch immer. Wir gehen stundenlang über schöne Wiesen und hauen kleine Bällchen durch die Gegend, friedlicher geht's nicht. Was hast du dagegen?«

»Du meckerst ja sogar gegen den Tennisplatz vor Glorias Villa.«

»Das ist ja wohl was anderes.«

»Ist es nicht.«

»Lore, komm, lass sein, das hat keinen Sinn heute. Ich geh dann jetzt mal.«

»Bei mir kann es spät werden.«

»Bei mir auch.«

4 | HARRY

Martin! Ob der auch Golf spielt? Dazu hat der wahrscheinlich keine Zeit, weil er im Land herumreisen muss, um in
muffigen Bibliotheken vorzulesen. Ich hasse diese Lesungen,
und ich drücke mich davor, wo es nur geht. Dieses Publikum!
Deutschlehrer und Handarbeitslehrerinnen und eben solche
wie Lore, die sich so gerne Kulturschaffende nennen. Ich finde
es immer peinlich, wenn Lore am Tag einer solchen Lesung
schon morgens aufgeregt ist. Angeblich muss sie sich um alles
kümmern – wo der Autor schläft, was er isst, ob er Vegetarier
ist, lieber Bier als Wein trinkt, lieber Tee als Kaffee und so
fort. Und dann geht sie ins Hotel und legt eine Sechziger-
Glühbirne aufs Zimmer für die Leselampe mit einem Will-
kommensgruß.
Am Abend steht sie rausgeputzt da, hat hektische Flecken im
Gesicht und liest von einem Zettel vor, was sie sich aus Wiki-
pedia abgeschrieben hat. Dann sitzt sie in der ersten Reihe,
wo mich eh keiner hinkriegt, und hängt an den Lippen des
Vorlesenden, als würde der ihr gerade das große Heil ver-
künden.
Einmal hat sie sich in einen verliebt – das ist jetzt sicher um
die fünfzehn Jahre her. Sie war fast fünfzig, er Ende zwanzig
und Lyriker. Ich hab den Namen vergessen. Da war sie ganz
neben sich, es kamen Briefe, mit denen sie sofort in ihrem
Zimmer verschwand, Anrufe, die sie erröten ließen, es häuf-
ten sich Besuche von sogenannten Fortbildungsseminaren,

die man vorher stets als unnötig angesehen hatte, und es lagen schmale Bändchen mit wirren Gedichten und vorsichtigen Widmungen herum. Und eines Tages war es dann wohl vorbei. Keine Briefe, keine Telefonate, keine Fortbildung mehr. Lore weiß gar nicht, wie sehr ich das damals mitbekommen habe. Wir haben nie darüber geredet. In der Zeit danach ging es uns sehr gut. Unsere Sexualität bekam einen positiven Schub – für einige Zeit.

Und so wichtig sich Lore bei den Lesungen macht, so aufgeregt und übertrieben spielt sie auch ihre Rolle in der Bibliothek. Angeblich geht ohne sie gar nichts, haben alle anderen keine Ahnung oder sind dumm und faul. Sie sagt, sie sei unentbehrlich. Wenn sie gehe, worauf sie seit ein paar Monaten Anspruch hat, breche alles zusammen, was sie der Bibliothek, den Büchern, ihren Autoren und den Lesern nicht antun dürfe. So war sie immer, und ich bin mir sicher, dass die Kollegen diese quirlige Allesbesserwisserin lieber heute als morgen im Ruhestand sähen.

Wir hatten das ja eigentlich auch so geplant. Ein Jahr nach mir sollte sie auch zu arbeiten aufhören. Wir hatten Pläne geschmiedet. Wollten reisen, mal für längere Zeit in den Süden gehen, nach Amerika, all das tun, was wir uns über die Jahre immer gewünscht, aber verkniffen haben. Nun bin ich seit zwei Jahren pensioniert und sitze hier den ganzen Tag alleine. Okay, ich langweile mich nicht. Ich genieße dieses Leben. Ich hab meinen Garten.

Zuletzt bin ich sowieso nicht mehr gern ins Bauamt gegangen. Ich bin mit den forschen jungen Kollegen und mit den überspannten Architekten nicht mehr zurechtgekommen. Ich mache den Garten, liebe meine Stauden, bastle am Haus herum, damit wird man ja nie fertig, habe ein paar Hobbys, treffe mich mit Freunden – mit Ede zum Beispiel –, neuerdings auch zum Golf.

Und wenn ich es mir genau überlege, dann weiß ich gar nicht, ob ich mir wünschen soll, dass Lore zu arbeiten aufhört. Ich fürchte, dann werde ich nicht mehr beim Frühstück in Ruhe die Zeitung von vorne bis hinten lesen können, was in der Regel bis elf dauert. Es könnte sein, dass es hier dann etwas ungemütlich wird. Will ich das?

Das mit dem Golf, das war diese Wette mit Ede. Er hat sie verloren und muss mir zehn Golfstunden bezahlen. Sechs Stunden haben wir hinter uns – aber ich glaube, mein Ding ist das nicht. Nicht wegen des Altherren-Image. Ich finde es einfach etwas albern – ich finde die Leute dort albern.

*

»Weißt du, Lore, ich finde das absurd, wenn du daraus jetzt eine ideologische Nummer machst. Wer SPD oder Grün wählt, darf nicht Golf spielen.«

»Du hast doch immer große Reden gegen Golfspieler und Mercedesfahrer geschwungen. Und jetzt spielst du Golf und fährst mit dem Mercedes hin.«

»Beides ist kein Verrat an meinen politischen Idealen.«

»Ich kenne jedenfalls keinen Menschen von Kultur, der Golf spielt.«

»Du lieber Himmel!«

»Keinen.«

»Bist du sicher, dass Martin nicht –«

»Walser? Niemals!«

»Ede sagt, am Bodensee gibt es schöne Golfplätze.«

»Ede!«

»Was hast du gegen ihn?«

»Er ist ein Simpel.«

»Das ist er nicht.«

»Er ist kulturlos und –«

»Mein Gott, er ist Zahnarzt – was verlangst du.«

»Hat er schon mal ein Buch gelesen?«

»Ja, zwei. Eins über Implantate und eins über Golf.«

»Na immerhin.«

»Ede hat sich in den letzten Jahren ganz schön entwickelt.«

»Davon hab ich nichts gemerkt.«

»Vom FDP-Wähler zum Grünen – ist das nichts?«

»Ja, gut, Respckt, aber –«

»Ede ist politisch informiert, man kann sich gut mit ihm unterhalten, auch streiten – jedenfalls hat er politisch mehr auf dem Kasten als deine verschlafenen Kollegen. Gut, er hat das flüchtige Pferd nicht gelesen, und er geht auch nicht zu einer Lesung von Walser.«

»Du ja auch nicht.«

»Wer weiß, vielleicht doch.«

»Warum das denn plötzlich?«

»Ich hätte da so ein paar Fragen an den Herrn Dichter.«

»Bitte Harry, tu mir das nicht an.«

»Liebe Lore, vor vierzig Jahren, als ich im Sozialistischen Deutschen Studentenbund war und Ede beim christlichen RCDS, da war Walser Kommunist und hat mit der DKP sympathisiert – wenn er nicht sogar Mitglied war. Und er hielt in

Konkret die Fahne der DDR hoch. Heute wählen Ede und ich Grün, spielen zwar Golf, stellen aber die soziale Gerechtigkeit über alles. Und Walser sagt heute, es sei völlig in Ordnung, wenn sie den Siemensmanagern Millionen Schmiergelder bezahlt haben und dass Leute wie Zumwinkel ihr Geld nach Liechtenstein bringen, wenn ihnen der deutsche Staat so tief in die Tasche greifen will.«

»Wo hast du das denn her?«

»Das steht in der Zeitung – nicht in seinen Büchern.«

»Ich wusste das nicht.«

»Dein Martin mag ein guter Autor sein – politisch ist er eine Katastrophe.«

»Das muss bei einem Künstler egal sein.«

»Seltsame Ansicht. Übrigens: morgen nehme ich die letzte Golfstunde, und danach ist mit dem Quatsch finito.«

»Schön, dass du manchmal auch vernünftig sein kannst.«

5 | LORE

Ich kann mich selbst nicht leiden. Ich weiß, dass Harry recht hat. Nicht immer, aber oft. Im Fall Walser hat er recht. Aber ich liebe nun mal die Autoren. Die Dichter, es sind für mich alles Dichter. Was täten wir denn ohne die, wie sähe diese Welt denn aus ohne Kunst, ohne Kultur? Harry ist immer so nüchtern, er braucht das alles nicht, sagt er. Er braucht sein Weizenbier, seine Zigarre, seine Zeitung, seinen Garten, frische Luft. Ab und zu einen Schweinebraten mit schöner Kruste. Der Mann ist leicht zufriedenzustellen. Ich brauche viel mehr. Meine Seele hat dauernd Hunger, nach Schönheit, nach Musik, nach – nach, ich weiß auch nicht. Hunger eben. Ich komme nie zur Ruhe, kann nie so zufrieden dasitzen wie er. Ich sehe ihn an, gerade jetzt. Da sitzt er, glücklich, versunken, liest den Sportteil der FAZ. Ich lese das Feuilleton und habe das Gefühl, dass alles bergab geht, wie Christa Wolfs Buch heißt: ›Kein Ort. Nirgends.‹ Und ich habe eben die Todesanzeigen gelesen. Verena Berg ist gestoben. Verena. Die wohnte damals in unserer Nähe, und bis heute glaube ich, dass zwischen Harry und ihr was lief. Er hat es immer abgestritten, aber eine Frau spürt so was. Na ja, ist Jahrzehnte her, ich bin auch nicht mehr eifersüchtig, aber damals hat es mich schwer umgetrieben. Verena Berg. Dickes rotes Haar, Lyrikerin, Harry las plötzlich Gedichte, las sie mir vor, mit leuchtenden Augen, ist das nicht toll, sagte er, in wenigen Worten die Quintessenz eines ganzen Lebens auszudrücken? Ja, toll.

Ausgerechnet Harry. Dem ich Gedichte hinlegen oder vorlesen konnte bis zum Gehtnichtmehr, er hat nicht hingesehen, nicht hingehört. Aber plötzlich, Verena Berg, Quintessenz. ›Ich, ohne Gepäck, im freien Fall ...‹ oder so ähnlich.

Jetzt ist sie tot. Wir sind dran, wir sind die Generation, die dran ist. Ich überlege, ob ich es ihm sagen soll oder nicht. Er überblättert das bestimmt. Ich lese ja immer die Todesanzeigen, er nie. Neulich starb ein Mann, der exakt am selben Tag geboren worden war wie ich. Ich hatte den ganzen Tag das Gefühl, das will mir etwas sagen. Ich bin auch bald dran.

Aber ich bin nur müde, traurig, irgendwie enttäuscht, ja. Ich glaube an nichts mehr. Nicht an die Liebe, nicht an das Glück, nicht an die Schönheit, nach der ich mich so sehne. Ich brenne irgendwie nicht mehr. Harry trinkt sein Weizenbier und ist zufrieden. Der lebt so ungesund. Der stirbt vor mir, ich darf nicht dran denken, was dann? Eigentlich sollte ich froh sein, wenn er Golf spielt. So ist er wenigstens draußen und bewegt sich ein bisschen.

*

»Darf ich dich mal stören?«

»Hm.«

»Ich hab grade die Todesanzeigen gelesen.«

»Lass das doch, Lore, das zieht dich doch bloß runter.«

»Manchmal ist aber jemand dabei, den man kennt.«

»Und, ist heute jemand dabei?«

»Ja.«

»Nun sag schon.«

»Verena.«

»Verena? Was für eine Verena?«

»Das fragst du? Wie viele Verenas gibt es denn in deinem Leben? Berg. Verena Berg.«

»Nein.«

»Doch. Siehst du. Das trifft dich.«

»Was heißt, das trifft mich, du kanntest sie doch auch, zeig mal, wo?«

»Ich les dir vor: ›Ich bin nicht schauerlich, bin kein Gerippe/ ein großer Gott der Seele steht vor dir.‹ «

»Ist das eins von ihren Gedichten?«

»Mein Gott, nein. Das ist von Hugo von Hofmannsthal. Soll ich nun?«

»Ja. Wie alt ist sie geworden?«

»Das musst du doch wissen. Sie war doch deine Freundin.«

»Lore!«

»Ja, ja, also: ›Dem großen Gott der Seele hat es gefallen, unsere geliebte Verena Berg zu sich zu holen. Sie starb mit zweiundsechzig Jahren und in Frieden. Konrad Berg mit Mareile, Lucy Berg geb. Koppenrath, Heiko Koch, Geneviève Stroheim, Ansgar von Wiese. Beisetzung in aller Stille.‹«

»Verena. Nur zweiundsechzig. Mein Gott. Diese schöne, starke Frau, bestimmt Krebs.«

»Hast du sie seit damals nie wiedergesehen?«

»Nein, wo denn? Sie lebte doch lange im Ausland, Frankreich, glaube ich.«

»Geneviève. Wer ist Konrad?«

»Keine Ahnung. Geheiratet hat sie nicht. Ihr Bruder, denke ich. Ach, Verena. Das geht mir jetzt doch nah.«

»Glaub ich dir gern.«

»Was soll das denn heißen, geht es dir nicht nah, wenn jemand stirbt, den wir kannten?«

»Ich kannte sie ja kaum. Du kanntest sie. Sehr gut sogar.«

»So gut wieder nicht. Ich mochte sie, ja. Als wir nach Glorias Geburt unsere dicke Krise hatten, hab ich mich ab und zu mit ihr getroffen, mehr nicht.«

»Mehr nicht?!«

»Mehr nicht.«

»Das glaube wer will.«

»Herrgott, Lore, du wirst doch nicht mit diesem kleinkarierten Eifersuchtsscheiß nach wieviel? dreißig? hundert Jahren wieder anfangen!«

»Ich fange mit gar nichts an, ich denke nur, du könntest es einfach endlich zugeben.«

»Was soll ich denn zugeben? Dass ich die Frau mochte?«

»Mochte ist gut. Ich saß da mit dem Baby und du ...«

»Weißt du was, Lore, das ist mir jetzt zu blöd. Ich geh mal um den Block. Ich brauch jetzt Luft.«

6 | HARRY

Eigentlich ist das ja zum Lachen. Wir sind vierzig Jahre zusammen und die Frau zieht eine solche Eifersuchtsnummer ab. Ich weiß nicht genau, was Lore immer wieder mal zu solchen Sticheleien treibt. Vielleicht ist es gar nicht Eifersucht. Sie hat ja objektiv keinen Grund dafür. Und es sind alte Geschichten, die sie da manchmal heraufbeschwört. In den letzten zehn, zwanzig Jahren fuhr unser Eheschiff in ruhigem Fahrwasser. Auch Lores Verliebtheit in den jungen Lyriker hat uns nie wirklich gefährdet. Was ist es also bei ihr? Manchmal denke ich, sie hätte gern ein anderes Leben gehabt, mit einem anderen Menschen. Nicht mit einem bestimmten, aber mit einem, der an ihren Interessen mehr Anteil genommen hätte, einem Kulturschaffenden, wie sie manchmal sagt, einem, der zum Beispiel nicht in Pisa die nächste gute Kneipe aufsucht, sondern mit ihr durch die Kirchen zieht. Ich bin nicht der Mann, mit dem sie einen Lebensabend auf Kulturreisen haben kann. Das merkt sie jetzt wohl schmerzlich, wo ich pensioniert bin. Ich hab einfach keine Lust zu reisen, keine Lust auf Hotels mit zu schmalen Betten, auf beengte Bahn- oder Flugreisen, auf fremde Städte.

Wir waren ja mal in Istanbul. Wie lange ist das jetzt her? Acht, neun Jahre. Grauenhaft – bis auf den Bazar. Island, eine Woche, das war noch schlimmer. Ich fuhr im Mietwagen und Lore las pausenlos Halldór Laxness vor, der angeblich das beschrieb, was wir angeblich sahen. Ich arbeite eben lieber in meinem Garten. Es macht mich schon nervös, wenn ich eine Woche hier verpasse und zum Beispiel das Erblühen der Crocosmia nicht erlebe, oder wenn ich in irgendeiner Kathedrale der Welt stehe und dran denken muss, dass mir die Nacktschnecken gerade meinen Rittersporn der Sorte Lanzenträger abfressen. Den scheinen sie von allen Ritterspornsorten am liebsten zu mögen.

Ich bin sicher, dass Lore immer noch arbeitet, weil sie Angst davor hat, dass nicht passiert, was sie sich vom Alter erträumt hat: endlich reisen, alles Verpasste nachholen. Rom, St. Petersburg, Weimar, nein, nicht mit mir. Das weiß sie und das macht sie bitter. Dass sie nun ausgerechnet mir eine Affäre mit einer Dichterin unterstellt, ist eigentlich grotesk. Ich bin doch der Kulturbanause, der kein einziges Gedicht auswendig kann außer Ottos Mops trotzt von Ernst Jandl. Und doch: Verena Berg! Mein Gott, Lore ahnt gar nicht, wie gefährlich diese Geschichte damals für uns war – vor mehr als dreißig Jahren. Verena war in das städtische Künstlerhaus gezogen. Ich war für die Restaurierung zuständig und verliebte mich Hals über Kopf in sie. Da war ich gerade drei Jahre mit Lore zusammen. Es war eine ziemlich heftige Affäre. Ich liebte Lore, aber Verena war was ganz anderes. Ich wollte beides leben. Dann wurde Lore schwanger. Ich hatte ein furchtbar schlechtes Gewissen, wollte Verena aber nicht verlieren, und die begann irgendwann, mich zu verhöhnen, weil ich so zerrissen war. Geh doch zu deiner Bibliothekarin, sagte sie, die passt besser zu dir. Als Gloria geboren war, beendete Verena die Affäre. Ich hätte das damals nicht gekonnt.

Ich hab noch lange unter der Geschichte gelitten, hab mich

über Jahre hinweg informiert, was Verena machte. Irgendwann verlor ich sie aus den Augen. Jetzt ist sie tot, mein Gott. Ja, es geht mir nahe, Lore, aber das gestehe ich dir nicht.

✻

»Ach, was soll denn da gewesen sein. Hör doch endlich auf damit.«

»Du warst verliebt in sie.«

»War ich nicht.«

»Komm schon, nach fast vierzig Jahren kannst du doch zugeben, dass du in sie verliebt warst.«

»War ich aber nicht, verdammt!«

»Das ärgert mich maßlos, dass du so stur bist. Was ändert das zwischen uns heute, wenn du sagst, ja, ich war in die verliebt. Noch dazu, wo sie jetzt tot ist.«

»Lore!«

»Das ist dieselbe Nummer wie die mit unserem Kennenlernen. Du gibst es einfach nicht zu, wie es war.«

»Was soll das? Wir haben uns auf einer Dichterlesung kennengelernt und nach einer Woche sind wir miteinander ins Bett gegangen. Seither sind wir zusammen. Was sollte ich daran nicht wahrhaben wollen?«

»Es war eine Vernissage. Keine Lesung.«

»Eine Vernissage?«

»Sag bloß, du erinnerst dich nicht.«

»Nein, also, ich —«

»Ich sage nur: Mira!«

»Mira?«

»Mira, jawohl.«

»Ah! Jajaja – Mira – die Künstlerin –«

»Phh!«

»Mira – Gott, wie hieß die denn noch? Mira – Mira – äh –«

»Das musst du doch wissen, nicht ich.«

»Mira – irgendwas mit K– Ku– Kuss! Ja, Mira Kuss! So hieß sie.«

»Komischer Name.«

»Kusz – hinten mit Ess und Zett. Kusz.«

»Na immerhin erinnerst du dich ganz gut.«

»Gott, wie lange habe ich nicht mehr an die gedacht.«

»Warum auch.«

»Wir kannten uns ja immerhin – wie man so sagt – aus dem Sandkasten. Die Eltern waren die ersten Jugoslawen, die nach Deutschland kamen – damals. Der Vater hatte ein Restaurant. Mira Kusz – sie hieß echt so. Das war kein Künstlername.«

»Sie war ja auch keine Künstlerin.«

»War sie schon. Sie hat gemalt und Gedichte geschrieben.«

»Scheußliche Bilder und triviale Gedichte. Dagegen waren die Gedichte von deiner Verena hohe Kunst. Außer dir mochte das damals niemand. Es war affektiertes Zeug.«

»Sie hatte sogar Erfolg und hat später ein paar Preise bekommen.«

»Davon weiß ich nichts.«

»Nur weil dir die Sachen nicht gefallen haben, heißt das nicht, dass sie keine Künstlerin war.«

»Ach was.«

»Ich mochte sie jedenfalls gern – auch das, was sie machte.«

»Du warst ja damals nur ihretwegen auf der Vernissage.«

»Natürlich, wir waren ja befreundet.«

»Du hast sie verehrt, warst hinter ihr her und hast sie nicht bekommen.«

»Ach, Lore …«

»Sie hat dich abfahren lassen – und dann erst hast du mich beachtet.«

»Das stimmt doch gar nicht. Mira …«

»Ich war zweite Wahl.«

»Unsinn. Denke dran, wie verliebt wir waren.«

»Ich war anfangs überhaupt nicht verliebt in dich. Ich fand dich steif und dröge. Du warst gar nicht mein Typ.«

»Schön, das nach so viel Ehejahren zu erfahren. Ich frage mich nur, warum es dann doch eine Liebesgeschichte mit uns wurde.«

»Weil ich irgendwann gar keine andere Wahl hatte, so wie du mich belagert hast.«

»Ich habe dich nicht belagert, ich habe um dich geworben.«

»Ja, weil du sie nicht gekriegt hast.«

»Das ist doch lächerlich. Wäre ich nur einen Funken in Mira verliebt gewesen, glaubst du, ich würde das heute nicht zugeben?«

»Du gibst ja das mit Verena auch nicht zu.«

»Es gab und gibt nichts zuzugeben.«

»Egal. Wie sind wir jetzt überhaupt darauf gekommen?«

»Wegen der Vernissage, auf der wir uns zum ersten Mal gesehen haben.«

»Ach ja.«

»Wäre doch interessant, zu wissen, was Mira Kusz heute macht.«

»Recherchiere es doch. Die steht sicher in Google mit ihren Preisen. Vielleicht kannst du sie treffen.«

»Warum sollte ich sie treffen?«

»Vielleicht liest sie dir dann ihre schwülstigen Gedichte vor. Vielleicht das von damals – wie ging das noch mal: ›Bei Mondscheinpromenaden begleiten uns Sternenkaskaden‹ oder so ähnlich. Unfassbar.«

»Gott, was kannst du ekelhaft sein! Was soll's. Vielleicht sollte ich mich ja darüber freuen, dass meine mir angetraute Gattin nach vierzig Jahren noch eifersüchtig ist.«

»Eifersüchtig? Ich war nie eifersüchtig.«

»Du warst es immer und bist es noch, Herzallerliebste mein.«

7 | LORE

Es ist alles nicht ganz einfach. Altwerden ist nicht einfach, all die Verluste sind nicht einfach – Verluste von Kraft, Haaren, Zähnen, Schönheit, Libido, Verluste von Freunden, Leidenschaft, ich sehe überall nur Verluste. Aber Harry ist immer noch da, und ich sollte glücklich darüber sein. Ich bin glücklich darüber. Doch. Ja.

Ach, glücklich ... Ich bin zufrieden. Er ist ein guter Mensch, wir hatten eine gute Ehe, haben immer noch eine gute Ehe, selten heutzutage, selten in unserer unruhigen Generation. Aber ist es schon ein Glück an sich, wenn es einfach nur hält? Ja, wahrscheinlich. Ich muss es so sehen. Wir lachen ja auch zusammen. Wir schlafen zwar in getrennten Zimmern, aber wir sind liebevoll miteinander, und neulich nach Stunden im Garten stieg er plötzlich zu mir in die heiße Badewanne und wir haben gekichert wie die Teenager. Mein Harry. Trotz allem: mein Harry. Das heikelste Thema ist letztlich immer Gloria, dieses seltsame Kind, vor dem wir beide mit Liebe, aber Verständnislosigkeit stehen. Sein kleines Mädchen, auf das er so große Stücke gesetzt hat ...

Ich habe schon früh gespürt, wie unstet Gloria ist, wie unsicher, wie ziellos. Harry hat immer gedacht: sie wird Künstlerin, sie wird Ärztin, sie wird Richterin, sie wird Politikerin, alles sah er in ihr, ich möchte mal wissen, warum. Sie hat ja damals nicht mal Abitur gemacht, kein Studium möglich, mit Schluffmann nach Indien ... Männer. Immer Männer. Männer haben Glorias Leben bestimmt.

Diese Männer. Mir liegt die Hochzeit im Magen. Aber es hilft nichts, wir müssen hin. Und vielleicht ist es ja diesmal der Richtige. Am Telefon klang Gloria glücklich. Oder besser gesagt: fröhlich. Sie hat gelacht, sie freut sich, sie plant ein großes Fest, Freunde kommen, unser Rest Verwandtschaft – Lust hab ich keine. Ich will weder meinen Bruder Theo noch seine hysterische, dreifach geliftete Rita sehen. Aber egal, Hochzeit ist Hochzeit, und vielleicht, nein, hoffentlich ist es die letzte. Wenn Mutter dabeisein könnte – die würde mit sarkastischen Sprüchen nicht sparen. Aber Mutter liegt seit acht Jahren da mit ihrer Magensonde und Astronautenkost, rundum wundgelegen, ohne Bewusstsein, ein Klumpen Mensch, der am Leben gehalten wird für Tausende von Euro monatlich. Am Leben warum? Weil wir es versäumt haben, das rechtzeitig anders zu regeln. Versäumt – weil Theo nicht wollte, Theo war dagegen. Sie sollte am Leben bleiben. Am Leben. Was für ein Leben soll das sein? Für was, für wen? Ihr kleiner Kopf auf dem Kissen, ich muss immer weinen, wenn ich bei ihr sitze, und ich bete dann sogar, ich, ausgerechnet ich bete, dass sie doch endlich sterben möge. Theo sitzt nie neben ihr.

Aber wenn sie dabei wäre – Mutter würde sich diesen Bredow – heißt der Bredow? – mein Gott, mich interessiert nicht mal wirklich, wie der heißt, Mutter würde sich diesen Bredow ansehen und ihn fragen: Und? Haben Sie irgendwas Anständiges gelernt?

✳

»Harry, hast du schon eine Entscheidung getroffen?«

»Ich sag dir ja, ich hör auf mit dem Golf. Macht nicht wirklich Spaß. Im Grunde sollten wir ab und zu schwimmen gehen, was denkst du?«

»Ich hasse nasse Haare.«

»Deine Mutter war ihr Leben lang täglich schwimmen ...«

»Ja, und nun liegt sie da am Schlauch, seit Jahren, mit einem starken gesunden Herzen. Ist es das, was wir wollen?«

»Wir müssen das jetzt unbedingt mal machen, Lore, diese Patientenverfügung.«

»Du gehst ja nicht mal zur Vorsorge zum Arzt!«

»Dafür brauch ich keinen Arzt, es gibt so Formulare, das können wir hier zu Hause machen.«

»Dann besorg die mal.«

»Mach ich. Du hast irgendwas, oder? Du hängst seit Tagen so lustlos rum.«

»Ich denk an diese Hochzeit.«

»Ich auch. Mit Schrecken.«

»Harry. Es ist unser ...«

»Jaja. Aber du irrst dich, Lore. Es ist eben nicht unser Kind. Es ist eben nicht unser kleines Mädchen. Es ist eine erwachsene Frau, die nichts in ihrem Leben auf die Reihe kriegt. Man muss das endlich mal klar sehen. Den Beruf nicht, die Männer nicht – ich weiß nicht mal, was für einen Beruf sie im Grunde jetzt hat, abgebrochene Apothekerlehre, abgebrochene Schule, jedes Jahr ein Job bei einer anderen Firma ...«

»Immerhin hat sie ihr Abitur nachgemacht. Mit über zwanzig und mit Kind.«

»Weil wir das Kind genommen haben und weil ich den Direktor der Abendschule ... na ja, Schwamm drüber. Was tut sie jetzt, oder tut sie nichts?«

»Sie arbeitet in so einer Agentur für Literaturveranstaltungen, Lesungen und so was, Reden, Vorträge.«

»Hast du das vermittelt?«

»Ein bisschen. Ich kenn da jemand, ich hab einen Tip gegeben.«

»Wann ist diese Hochzeit?«

»Im September.«

»Im September. Na, das ist ja noch eine Weile hin. Vielleicht überlegt sie es sich bis dahin noch mal.«

»Harry! Sei nicht so, ich vertrag das zur Zeit einfach nicht.«

»Was ist denn los?«

»Morgen wäre Mutter dreiundneunzig geworden. Morgen wird Mutter dreiundneunzig.«

»Ach herrjeh. Dreiundneunzig? Seit wieviel Jahren ...?«

»Seit acht.«

»Gehst du hin?«

»Natürlich geh ich hin. Es ist meine Mutter.«

»Schon lange nicht mehr. Das ist gar nichts mehr. Das atmet noch, das ist alles. Lore – komm, ich wollte dich nicht kränken. Mein Gott, Lore, wein doch nicht. Was ist denn bloß? Hm?«

»Ich weiß nicht. Alles. Überall Enttäuschung. Alles erweist sich als Betrug, oder? Letztlich?«

»Was hattest du erwartet?«

8 | HARRY

Für Lore ist das Glas nie noch halb voll, sondern immer schon halb leer. Das war immer so. Du wirst noch mal so wie Frau Metzger, sage ich manchmal zu ihr. Ottilie Metzger ist unsere Nachbarin. Über achtzig, schroff, freudlos, immer nur meckern über Gott und die Welt, einsam und enttäuscht vom Leben. Ich glaube auch wirklich, dass ihr Leben ein Desaster war, aber sicher auch teilweise selbstverschuldet, mürrisch wie sie ist. Und jetzt: geistig fit, aber körperlich stark eingeschränkt und halb blind, schlurft sie vor sich hin. Durchs Haus, durch den kleinen Garten, immer nur schimpfend. Sie liebt das Wort Katastrophe. Alles ist eine Katastrophe. Ob es zu heiß ist oder zu kalt, ob es regnet oder die Sonne scheint, ob der Winter kommt oder geht, ob der Briefträger früher kommt oder später, ob er klingelt oder das Päckchen einfach vor die Haustür legt, alles ist immer eine Katastrophe. Einmal sagte ich zu ihr, Frau Metzger, Millionen Menschen in der Welt hungern und wir können nichts dagegen tun, das ist eine Katastrophe. Da winkt sie nur ab, will nichts davon wissen und beklagt, dass das Brot früher nicht so schnell schimmelig wurde wie heute und dass das eine Katastrophe sei, und dass die Bäckereifachverkäuferin ihr schon schimmeliges Brot verkaufe, weil sie wisse, dass sie fast nichts sehe.

Mein ewig wiederholtes Angebot, mich oder uns für sie einkaufen zu lassen, schlägt sie aus, denn da müsse sie sich danach bedanken und das sei ihre Sache nicht.

Ich komme ja trotzdem mit Frau Metzger irgendwie klar. Oder sagen wir so: ich grüße sie, und ihre Katastrophen sind mir egal. Aber Lore mag Frau Metzger überhaupt nicht, und meine gelegentliche Bemerkung, sie sei der manchmal ähnlich, trifft sie schwer. Meistens haben wir dann Krach. So simpel könne eben nur ein Mann denken, vor allem ein Mann wie ich. Ihre berechtigten Zweifel am Sinn des Lebens, die sich schließlich durch alle Kunst und Literatur ziehen, tue einer wie ich so billig ab. Natürlich, für mich sei ja die Welt schon in Ordnung, wenn ich ein perfekt aus der Flasche eingeschenktes Weißbier vor mir stehen hätte. Ach, Lore, so leben wir nun seit Jahrzehnten mit dem Widerspruch, dass du mich für einen schlichten, leicht zufriedenzustellenden Menschen hältst und ich dir andererseits immer wieder politische und wirtschaftliche Zusammenhänge erklären muss, weil die in deinen Feuilletons nicht vorkommen.

Aber noch schlimmer, als Lore mit Frau Metzger zu vergleichen, ist es, wenn man ihr sagt, dass sie nach ihrer Mutter kommt. Da rastet sie aus. Dabei wird sie ihr nicht nur äußerlich immer ähnlicher, womit ich gar kein Problem habe, denn ich mag — ich mochte, muss man ja jetzt eigentlich sagen — Leni immer gern. Natürlich verstehe ich, dass es für Lore ein großer und langwieriger Kampf war, sich als einzige Tochter von dieser Mutter und ihrem Klammergriff zu lösen, aber die gute Frau hatte Witz, Humor und Kraft. Ein Kraftwerk auf zwei Beinen, wie Lore immer sagt. Leni war voller Widersprüche. Einerseits konservativ, andererseits antiklerikal. Mit achtzig wollte sie nach Rom gehen und den Papst erschießen. Zeig mir, wie man das macht, sagte sie, ich bin eine alte verwirrte Frau, ich krieg sicher diesen Beklopptenparagraphen. Willy Brandt war ihr Idol, aber die Ausländer hätte sie gerne hinter Schloss und Riegel gesehen. Sie dachte links, plapperte aber allen reaktionären Kram nach, den sie im Seniorenclub und auf Kaffeefahrten hörte. Sie war unglaublich geizig, kaufte aber unmögliches Zeug, das sie nie brauchte, nur weil es billig war. An den Großkonzernen hielt sie sich schadlos, wie sie es nannte, indem sie in den Kaufhäusern klaute. Sie klaute alles, alles, was sie nicht brauchte, und wir auch nicht. Es war eindeutig krank. Als man sie erwischte, gab sie Lores Telefonnummer und Adresse in der Bibliothek an. Dort tauchte die Polizei auf. Peinlich für Lore. In Lenis Wohnung fanden die Fahnder nichts. Sie hatte das Diebesgut bereits bei uns in der Garage versteckt. Deostifte, Schokoriegel, getrocknete chinesische Morcheln, Zahnseide, Brillenputztücher, Konfekt in Massen. Wir verschenkten die Sachen großzügig an Freunde und Bekannte. Als man Leni tatsächlich laufenließ, weil man ihr temporäre geistige Verwirrung zugestand, wollte sie das Diebesgut wieder abholen. Es war kaum noch was da, wir hatten die Sachen benutzt, vieles hatte ja ein Verfallsdatum. Gott, was seid ihr fies, eine arme alte Frau so zu beklauen, sagte sie damals. Ich habe mich kaputtgelacht.

Leni. Jetzt liegt sie da, ist niemand mehr, kann nicht leben und nicht sterben. Ach, Lore, wenn du wüsstest, wie ähnlich du ihr oft bist und wie positiv ich das sehe. Okay, du klaust nicht. Aber sonst – immer tapfer, immer zäh und immer vorwärts. Ach, meine Lore.

*

»Was stehst du so lange vorm Spiegel, Lore, was siehst du da?«

»Ist dir schon mal aufgefallen, dass ich jetzt mit dem Altwerden Mutters Gesicht und Figur bekomme?«

»Nein, das ist mir nicht aufgefallen.«

»Wirklich nicht?«

»Nein.«

»Weil du mich eben gar nicht mehr anschaust.«

»Was soll denn das jetzt?«

»Würdest du mich anschauen, würdest du es sehen.«

»Also Lore.«

»Dir ist es eben egal, wie ich aussehe. Und das war schon immer so. Ich kann mich an kein Kompliment über mein Aussehen von dir erinnern.«

»Das ist jetzt nicht dein Ernst.«

»Wir waren ein Jahr verheiratet, machten Urlaub am Lago Maggiore. In Luino auf dem Markt hatte ich mir ein nettes Kleid gekauft und auf der nächsten Restauranttoilette angezogen.«

»Ich erinnere mich an das Kleid – grün, gelb, verschiedene Grün.«

»Na immerhin. Ja, es war grün und gelb. Und wir gingen an der Seepromenade spazieren, noch ziemlich verliebt und glücklich. Und ich lief ein Stück vor und schlenderte etwas aufreizend auf dich zu. Und ich fragte dich, was du jetzt denkst, wenn ich so auf dich zukomme. Und weißt du, was du gesagt hast?«

»Nein, ich weiß es nicht. Muss ich es noch wissen?«

»Du sagtest, ach, da kommt ja meine Lore. Ja, da lachst du.«

»Ja, warum nicht? Das ist doch lustig.«

»Für mich war das damals ganz ernüchternd. Ich dachte für einen Moment, ich verlasse ihn, ich gehe, das ist nicht der Mann fürs Leben. Ja, Harry, ich wollte damals wirklich gehen – und du hattest nichts davon gemerkt.«

»Gut, dass du es nicht getan hast.«

»Na ja, darüber wäre noch zu diskutieren.«

»Ach Lore.«

»Ich hab es im Spiegel gesehen, zum ersten Mal, ich bekomme Mutters Bauerngesicht.«

»Ich mochte das bei ihr und ich mag es bei dir.«

»Ihre Hände hab ich auch. Breite westfälische Bauernhände.«

»Du hast ihre schönen Beine.«

»Oh, Harry, ein Kompliment!«

»Und du hast ihren Witz.«

»Sag mir auch das Negative, das ich von ihr habe.«

»Da fällt mir nichts ein.«

»Ich bin doch anders als sie, oder? Ich habe immer Angst gehabt, so zu werden wie sie.«

»Deine Angst ist unberechtigt.«

»Das sagst du nur so, in Wirklichkeit denkst du, Gott, jetzt ist sie wie ihre Mutter.«

»Das denke ich nicht. Lore, du hattest ein anderes Leben, Schule, Bildung, Beruf, Freunde, eine lange Ehe – nicht mal das hatte sie.«

»Aber die Gene, Harry, die verdammten Gene.«

»Schau mich an. Ich sehe aus, wie mein Vater aussah, ich habe seine Sturheit und seinen Jähzorn.«

»Und das Schelmische und das Sanfte und das Beharrliche auch.«

»Und das Treue.«

»Na ja.«

»Lore, ich jedenfalls liebe dich, wie du bist.«

»So was hast du aber schon lange nicht mehr zu mir gesagt, Harry.«

»War eben keine Gelegenheit dazu.«

9 | LORE

Wenn ich ehrlich bin, war die Lesung mit Martin eine Katastrophe. Na ja, ganz so schlimm nicht. Ein Desaster. Nein, auch nicht. Ach, ich weiß nicht. Es war einfach nicht so schön, wie ich es mir vorgestellt hatte.

Er kannte mich gar nicht mehr. Dreimal war er schon in unserer Bibliothek, zwar über die Jahre verteilt, aber dreimal, und er guckte mich an und kannte mich nicht. Er hatte schlechte Laune, der Zug war verspätet, es goss in Strömen, das mit dem Abholen am Bahnhof hat wegen des Zugs irgendwie nicht geklappt, und er war ganz angefressen. Aber nur, bis er auf der Bühne saß. Auf der Bühne blühen sie ja alle auf. Da sind sie in ihrem Element, werden angehimmelt, da stimmt alles wieder. Es war proppenvoll, er hat etwas nuschelig, aber nicht schlecht gelesen, viel signiert, charmant geplaudert mit den alten Damen, die immer zu so was kommen, zwei, drei Fragen von Jüngeren hat er energisch abgebürstet, Kritik verträgt er ja gar nicht, und danach beim Italiener sackte er dann wieder so ein bisschen in sich zusammen, und ich hab mich dabei ertappt, mich zu langweilen. Ich wollte lieber nach Hause. Das gab's früher nie, ich war immer so glücklich mit meinen Dichtern …

Die Dinge verschieben sich. Ich hab andere Sachen im Kopf. Ich kann nicht mehr stundenlang in diesen Kneipen sitzen und das Ego wichtiger Männer bewundern, die den Tisch mit Anekdoten unterhalten, und jedes andere Gespräch erstirbt.

Harry war nicht mit, natürlich nicht. Ich war zugleich wütend auf ihn und hab ihn beneidet um einen gemütlichen Abend ohne diese ganze Wichtigtuerei. Wie war's?, fragte er, als ich nach Hause kam, und ich sagte Wunderbar, weil ich das immer sage, aber es stimmt nicht, und es interessiert ihn ja auch nicht wirklich. Irgendwie sind diese Dichterlesungen ein Anachronismus. Warum macht man das? Jeder kann doch selbst lesen. Und es gibt Hör-CDs. Die Autoren sehen wir im Fernsehen, sogar im Internet, warum macht man sich bei strömendem Regen auf in einen ungemütlichen Raum, um einem Mann oder einer Frau persönlich beim Vorlesen zuzuhören? Ich weiß es nicht. Vielleicht sollte ich doch mit dem Job allmählich mal aufhören. Wenn die Begeisterung weg ist, soll man's lassen, oder? Aber was tu ich dann. Dann sitz ich den ganzen Tag mit Harry hier zu Hause und wir öden uns an. Früher hatten wir immer Pläne, wir haben gesagt, wenn wir mal alt sind, wenn wir mal Zeit haben, dann aber … Ja, jetzt sind wir alt, und was ist? Keine Kraft, schwimmen zu gehen. Keine Lust auf Reisen und schlechte Hotelbetten. Das Fernsehprogramm eine Zumutung. Den ganzen Tag lesen kann man nicht. Einkaufen, kochen, Mittagsschlaf, Tee, kleiner Spaziergang, Besuch bei Mutter, Abendnachrichten, Glas Wein, Gespräch über Gloria, ab ins Bett. Was ist das für ein Leben? Wahrscheinlich sogar noch ein glückliches, gemessen an anderen Ländern, Menschen, Umständen. Aber mir kommt alles so grau und müde vor. Es ist nichts mehr da, was mich begeistert, ich habe das Freuen verlernt und weiß nicht, wann eigentlich es mir abhandenkam. Als Gloria ging? Als Harry pensioniert wurde und so behäbig in Strickjacken hier herumsaß, ohne irgendeinen Ansporn? Aber zu was auch Ansporn. Ich hab ja selbst keine Lust zu großen Taten. Gut, ich geh ab und zu ins Theater, in ein Konzert. Manchmal geht er sogar mit. Und immer hab ich schon in der Pause das Gefühl, dass ich eigentlich lieber wieder zu Hause wäre. Sind wir verblödet? Wird man zwangsläufig langweilig und anspruchslos im Alter? Oder ist das auch ein Schutz, ein ganz normaler Abbau, ein Nachlassen der Kräfte, das Schonprogramm sozusagen?

Ich sollte froh sein, dass wir gesund sind. Theo hatte einen Herzinfarkt, Rita ist gesund und legt sich freiwillig in Narkosen, um sich liften zu lassen. Was für ein Irrsinn. Da bestimmen die Krankheiten den Rhythmus. Bei uns ist alles noch in Ordnung, geregelte Tage, zwar schlaflose Nächte, aber Schlaf braucht man irgendwann gar nicht mehr. Fast nicht. Er schon, er schläft tief, und ich hör ihn durch die Tür schnarchen. Und ich liege wach und grübele. Hätte es ein anderes Leben gegeben, mit einem anregenderen Mann? So darf ich nicht denken. Harry ist ein guter Mann. Ich bin auch schwierig, das bin ich wirklich. Meine Stimmungen wechseln schnell. Das ist für Harry nicht immer einfach. Er geht dann meist in seinen Garten, bis ich mich wieder beruhigt habe. Gut, dass er den Garten hat. Ich hasse Gartenarbeit, ich würde nie in der Erde wühlen, an Bäumen herumschnibbeln – nein, es ist gut, dass ich meine Arbeit noch habe. Macht mir Freude. Ich bin gern mit Menschen zusammen, die Bücher lesen. Nur das mit den Lesungen … soll das doch in Zukunft Christa machen. Ich organisier jetzt noch die Lesungen für dieses Jahr, und dann ist Schluss. Ich zieh mich zurück aus diesen Dingen.

Ich könnte auch mal wieder backen.

Großer Gott, was denke ich denn da.

*

»Harry, soll ich mal wieder backen?«

»Backen? Was willst du denn backen?«

»Früher hast du so gern Frankfurter Kranz gegessen.«

»Um Gottes willen, nein, Lore, ich werd doch viel zu dick. Wenn, dann kaufen wir mal ein Stück Frankfurter Kranz, aber doch nicht backen ...«

»Gekauft ist nicht dasselbe.«

»Wie kommst du denn jetzt auf so was, ich denke, du hast kaum Zeit zum Kochen, und jetzt willst du auch noch backen?«

»Ich dachte nur. Na ja. Vergiss es.«

»Ich könnte mal wieder Tafelspitz machen.«

»Das wär wunderbar, mach das. Ist immer so lecker, dein Tafelspitz. Hat Mutter so gern gegessen, weißt du noch?«

»Wir müssen mal wieder hin.«

»Das deprimiert mich so. Sie merkt es ja nicht mal, wenn wir da sind.«

»Ich könnte mich ohrfeigen, dass wir damals Theo nicht gezwungen haben, gegen diese Magensonde zu sein. Jetzt wird sie ernährt wie ein Astronaut und bleibt am Leben, ohne zu spüren, dass sie lebt.«

»Ich kann das alles kaum noch ertragen. Wir müssen unbedingt diese Patientenverfügung machen, dass das mit uns nicht passiert.«

»Du wirst doch hundert.«

»Ja, aber nicht so. So will ich nicht hundert werden. Und du wirst ein Pflegefall, wenn du weiter so viel Weißbier trinkst und Zigarren rauchst.«

»Bei mir macht es bumm und ich bin weg.«

»Das wünscht sich jeder.«

»Weißt du noch, der blöde Fragebogen in der FAZ damals. Die letzte Frage war doch immer: Wie möchten Sie sterben?«

»Ja, weiß ich noch, und alle schrieben ›schnell, schmerzlos, im Schlaf‹, und einer hatte durchschaut, was für eine saudumme Frage das ist, und hatte geschrieben: ›schreiend vor Schmerzen, qualvoll und über lange Zeit‹.«

»Köstlich. Ja. Bumm und aus.«

»Das wird nicht so sein bei dir. Und ich will nicht so daliegen wie meine Mutter.«

»Wirst du nicht. Achte ich drauf.«

»Dann bist du ja schon tot, bumm und weg.«

»Dann achtet Gloria drauf. Überhaupt, hast du was gehört?«

»Ich wollte gleich mal anrufen.«

»Du rufst wohl jeden Tag an?«

»Ja. Wir reden eben über die Hochzeitsvorbereitungen.«

»Großer Gott. Hochzeitsvorbereitungen. Jetzt schon, im Sommer? Glaubst du wirklich, die machen diesen ganzen Quatsch, Torte, Reden, Tanz mit der Braut und so?«

»Ich fürchte fast.«

»Was schenken wir ihr bloß?«

»Ich dachte an Mutters schönes Meißner Porzellan. Das Teeservice mit den Blumen und den kleinen Bienen. Das hat Gloria immer so geliebt.«

»Ist das denn noch vollständig?«

»Eine Tasse fehlt und die Kanne hat keinen Henkel. Der ist abgebrochen, aber noch da. Vielleicht kannst du das kleben?«

»Meinst du, sie freut sich darüber?«

»Herrgott Harry, ich weiß es nicht, wenn du eine bessere Idee hast, bitte sehr.«

»Was bist du denn so gereizt?«

»Ich bin nicht gereizt.«

10 | HARRY

So ist Lore. Mir sagt sie, die Lesung mit Walser sei ganz wunderbar gewesen, und später telefoniert sie mit Heidi und ich höre, dass der Abend eine totale Enttäuschung war. Wie alt muss man werden, um die Frauen zu verstehen? Der Satz ist nicht von mir. Ede sagt das immer. Er war viermal verheiratet. Er weiß, wovon er redet. Ich weiß allerdings, dass seine Frauen Ede auch nicht verstanden haben. Aber das ist eine andere Geschichte.

Was ist das bei Lore? Gönnt sie mir nicht das Gefühl, an dem Abend nichts versäumt zu haben, diesen kleinen Triumph? Irgendwie ist Lore daneben, unzufrieden, leicht gereizt. Manchmal denke ich, dass ihr die Arbeit in der Bibliothek zuviel wird, dass sie sich dort nicht mehr wohl fühlt, dass sie gerne aufhören würde, aber Angst davor hat, Rentnerin neben dem Rentner zu sein. Sie wird ahnen, dass ein Lebensabend auf Kulturreisen mit mir nicht zu machen ist. Aber vielleicht irre ich mich und es entnerven sie nur die Gedanken an diese Leipziger Hochzeit mehr, als sie zugeben will.

Gloria ruft ja ihre Mutter ständig an, teilt ihr alle Details der Hochzeitsplanung mit. Was Lore mir nach solchen endlosen Telefonaten erzählt, ist der blanke Horror. Die Fürstenhochzeit zu Leipzig! Gloria und die Kleine lassen sich katholisch taufen. Kirchliche Trauung, fünfhundert geladene Gäste. Prominenz aus ganz Deutschland und Übersee. Weiße Hochzeitskutsche, Fahrt durch die Innenstadt. Peter Maffay und ein Tenor der Leipziger Oper werden singen. Der Bräutigam wollte eigentlich Wolfgang Petry verpflichten, der hat aber abgesagt. Der Fernsehkoch Lafer konzipiert, kocht und präsentiert persönlich das achtgängige Menu. Ein angemietetes Filmteam wird die ganze Hochzeit dokumentieren. Fürs Bredowsche Familienarchiv. Am Abend gibt es Feuerwerk und Kabarettprogramm. Michael Mittermeier ist angefragt. Ich kenne den nicht, soll ein Comedian sein. Es ist, sagt Gloria, nur eine Frage des Geldes, man kriegt sie alle. Und Geld, so wird der Bräutigam zitiert, spielt keine Rolle. Die Hochzeit wird über hunderttausend Euro kosten. Als mir Lore das erzählte, bin ich ausgerastet. Sind die noch gescheit? Das soll meine Tochter sein?

Gestern habe ich dann mit Gloria telefoniert, bin ihr sozusagen ins Messer gelaufen. Immer konnte ich einem Gespräch entkommen, gleich an Lore weitergeben. Wenn ich alleine war und die Nummer sah, bin ich nicht drangegangen. Gestern hat sie, wie sie sagte, vom Handy ihrer Tochter angerufen. Ja, Zehnjährige haben heute ein Handy. Schrecklich. Sie nennt mich jetzt Papa. Seit ihrem vierzehnten Lebensjahr hat sie mich Harry genannt. Sie wollte das immer so. Jetzt plötzlich: Hallo Papa, wie geht es dir? Papa, klingt wie Pappe. Furchtbar. Ja, wie geht es mir? Wie soll es mir gehen, man wurschtelt sich durch. Solches Zeug habe ich geredet, merkte, dass ich mir mit meiner Tochter nichts zu sagen habe. Ob ich zur Hochzeit komme. Mama, Lore heißt jetzt auch wieder Mama, Mama habe da was angedeutet, dass ich eventuell einen wichtigen Termin hätte, was das denn um Gottes willen für ein wichtiger Termin sei? Klassentreffen, log ich spontan.

Nach über vierzig Jahren trifft sich, sagte ich, die Abiturklasse. Ich war richtig stolz auf meine Lüge. Dieses Treffen war schon im letzten Jahr, was Gloria natürlich nicht weiß. Es war übrigens langweilig, öde, überflüssig. Na, sagt sie, du musst wissen, was dir wichtiger ist, Papa, und du ahnst ja gar nicht, was dir da entgeht. Spitz, ich würde sagen, frech hat sie das gesagt. Danach habe ich beschlossen: ich fahre da nicht hin. Heiratet ohne mich! Schließlich ahne ich schon sehr stark, was mir da entgehen wird. Ich werde, mein liebes Kind, das du dich jetzt in einen goldenen Käfig begibst, sehr gut ohne die Leipziger Fürstenhochzeit auskommen können. Ob deine Mutter das auch können wird, wage ich zu bezweifeln.

*

»Lore, es ist schamlos und dumm und gedankenlos — angesichts einer Welt, die gerade aus den Angeln gerät.«

»Du hast ja recht, Harry. Wie könnte ich einen solchen Pomp gut finden? Aber es ist unsere Tochter, und wir haben nur zwei Möglichkeiten.«

»Klar, hinfahren oder nicht hinfahren, was sonst?«

»Letzteres würde sie uns nicht verzeihen.«

»Damit kann ich leben. Gut sogar.«

»Ich nicht.«

»Dann sind wir da, wo wir schon vor Wochen waren: du fährst hin, ich bleibe hier. Aus.«

»Lieber Harry, kannst du vielleicht einen Augenblick darüber nachdenken, dass es mir eine große Hilfe wäre, wenn du dabei wärest, wenn wir gemeinsam hinführen — wenn wir vielleicht sogar dort gemeinsam lästern würden über die Leute.

Weißt du noch, wir haben das immer ›bezichtigen‹ genannt, nach Thomas Bernhard, sich hinsetzen und andere bezichtigen. Wir bezichtigen und werden Zeugen dieses Größenwahns.«

»Größenwahn, das ist gut, das Wort habe ich gesucht. Ja, Lore, ich denke darüber nach.«

»Vielleicht ist das Ganze ja derart überzogen und grauenhaft, dass wir unseren Spaß daran hätten, uns darüber aufzuregen.«

»Sozusagen eine Auffrischungskur für den alten antikapitalistischen Kampfgeist der Sechzigerjahre. Das gefällt mir irgendwie.«

»Mir auch.«

»Was anderes, Lore: Unsere Tochter und unsere Enkelin werden ja nun bis an ihr Lebensende bestens versorgt sein, sollten wir da nicht endlich mal ans Testament gehen? Angesichts dieser letzten Entwicklung wäre es mir furchtbar, wenn unser Erbe quasi in den Bredowschen Besitz einginge – als Peanuts sozusagen.«

»Wenn du stirbst, erbe ich doch sowieso erst einmal.«

»Nicht automatisch alles. Auch das müssen wir festschreiben.«

»Ach?!«

»Die leibliche Tochter hat einen Pflichtanteil. Wenn wir beide tot sind und keine Regelung getroffen haben, kriegt sie alles.«

»Wie sollen wir beide zur selben Zeit tot sein?«

»Wir fahren zur Leipziger Hochzeit mit dem Zug. Der Zug entgleist, hundert Opfer, wir unter ihnen. Die Bahn bedauert, wir aber sind tot.«

»Wir fahren doch mit dem Auto, oder?«

»Da ist die Gefahr noch größer.«

»Wir können doch nicht in zwei verschiedenen Zügen fahren oder in zwei Autos, nur damit unsere Tochter nicht erbt.«

»Wir können ein Testament machen.«

»Ja, aber nicht heute.«

»Das sagen wir seit Jahren.«

»Morgen, Harry, morgen.«

»Ich denke, ich sehe es schon.«

»Heute bin ich einfach zu müde. Es war heute anstrengend in der Bibliothek. Alles hing wieder einmal an mir.«

»Gib's dran, Lore, hör auf.«

»Und dann?«

»Verjuxen wir das Erbe.«

11 | LORE

Er hat seinen Garten. Rittersporn Völkerfrieden und Lanzenträger, Pfingstrosen, Fette Henne, Giersch. Er kramt und zupft und macht und schwitzt und trinkt Bier und wühlt und ist glücklich und denkt nichts. Und ich sitz hier rum, seh ihm zu, müsste vielleicht helfen, die Biotonne vollmachen, mal den Schuppen aufräumen, aber es ist, als wär ich festgenagelt auf diesem Terrassenplatz. Er in seiner Welt, ich in meiner. ›In between, there are doors‹, hieß es früher. Von wem? Keine Ahnung, danach haben die Doors sich so benannt. Jim Morrison. So ein schöner Mann, längst tot. Alles Schöne ist tot. Und Türen sind längst nicht mehr überall.

Was für ein blöder Gedanke. Ich verblöde. Was ist mit mir, was ist mit mir. Ich hätte nicht gedacht, dass mir das Altwerden so zusetzt. ›Es ist kein Kampf‹, schreibt Philip Roth, ›es ist ein Massaker.‹ Da hat er mal recht. Sonst nicht mein Autor, erzählt gut, aber alles ICH ICH ICH, aber da hat er recht. Ein Massaker. Harry empfindet das nicht so. Höchstens, dass ihm nach vier Stunden im Garten der Rücken weh tut. Er nimmt jetzt auch Knieschoner, wenn er im Beet kniet. Großer Gott, sieht das bescheuert aus. Aber bitte. Knieschoner.

Ich bin eifersüchtig auf den Garten. Er lenkt ihn ab, er führt ihn ganz woandershin, er ist mit den Pflanzen zusammen in einer stillen, schönen Welt, wo die Bienen summen und das zahme Rotkehlchen in der Nähe herumhüpft. Ich mag das alles nicht, und trotzdem beneide ich ihn. Ich hab bloß immer wieder meine Bücher, und was lese ich darin? Dass Altwerden ein Massaker ist, vielen Dank auch.

Die Hochzeit rückt näher. Wahrscheinlich bin ich deshalb so unleidlich. Ich bin unruhig, ich schlafe nicht, ich ertappe mich bei der Frage, was ich da anziehen soll – ich! Mein Leben lang waren mir Klamotten egal, na, ziemlich. Ich hab so ein paar Vorlieben – rot, schwarz, Seidensamt, nie beige, nie braun oder gelb, keine Rüschen, wenig Muster, klassisch, am liebsten schmale Hosen, T-Shirt oder Pullover, gutes Jackett. Jacketts und Blazer können nicht teuer genug sein. Alles darf billig sein, einfache Jeans, einfache Shirts, aber Jacketts und Schuhe müssen immer gut und teuer sein.

Ich kann ja nicht in Jeans und Blazer da hin. Peter Maffay. Hält man das, halte ich das aus? Wie kommt sie darauf? Jim Morrison, ja. Aber so was gibt's heute gar nicht mehr. Wer wäre ein Äquivalent? Ach, nur die Alten, die guten Alten, Leonard Cohen, John Mayall – Peter Maffay. ›Über sieben Brücken musst du gehen.‹ Der ist auch schon sechzig, aber wie furchtbar, immer noch in Lederklamotten, immer noch der Kleingartenrocker. Cohen dagegen – Anzug, Hut, teure Jacketts.

Ich denke so viel Mist. Ich hab so viel Angst. Ich hab Angst vor der Hochzeit, vor diesem Bredow, vor Leipzig, vor mir, vor Harry, vor allem.

Ich bin einfach nur blöd. Ich lass das jetzt. Ich gehe jetzt in den Garten und helfe Harry. Einfach so, ich muss ja nicht in dieser Erde wühlen wie ein Maulwurf, aber ich kann ein bisschen aufräumen helfen, die Sachen auf den Kompost oder in

die Tonne tun, ich kann Harry noch ein Bier bringen, ich –
nein. Nicht noch ein Bier. Der trinkt eh schon reichlich.
Neulich hat er nicht mal den Witz verstanden, als ich ihm
von der ›Weißen Malaise‹ erzählt habe. Hat er nicht verstanden – und als ich ihm sagte, mein Gott, ›Die weiße Massai‹,
kennt doch jeder, Bestseller, und diese blöde Tusse wollte
›Die weiße Malaise‹ ausleihen und Christa fragte mich: Lore,
haben wir eine weiße Malaise?, und ich erzähl ihm das und er
fragt doch tatsächlich: Und, hattet ihr eine? Ich könnte wahnsinnig werden. Dabei ist es eigentlich zum Lachen. Ich lache
in letzter Zeit zu selten, ich leuchte auch nicht mehr. Früher
hab ich mal geleuchtet. Ich sehe im Spiegel ganz traurige Augen, wie Hannelore Elsner in dieser Reklame: ›Du gefällst
mir gar nicht!‹ und dann verschreibt sie sich selbst eine Kur,
Vitasprint. Hilft bei mir nicht.
Die weiße Massai. Die weiße Malaise. Muss man auch nicht
kennen. Da hat er nichts verpasst.
William Blake. William Blake, was für ein Glück, dass der mir
jetzt einfällt, ich bin doch noch nicht total verblödet. ›There
are things that are known and there are things that are un-
known, and in between there are doors.‹ So hieß das, und danach haben sie sich benannt. Jim Morrison, der wär's gewesen,
›Riders on the storm‹, was war der Mann schön. Erotisch.
Peter Maffay. Der hat es in sechzig Jahren ja nicht mal geschafft, sich diesen Fleck oder diese Warze oder was das ist
wegoperieren zu lassen. Udo Jürgens, meinetwegen. Warum
nicht Udo Jürgens, der ist gut, aber Peter Maffay. Wahrscheinlich ist der billiger. Angeblich spielt doch Geld keine Rolle?
Was zieh ich bloß an. Was zieh ich da bloß an. Ich muss mir

was nähen lassen. Ich habe jetzt Größe 42, da sieht alles von der Stange klumpig aus. Vielleicht mal was Blaues. Ich hatte seit Ewigkeiten nichts Blaues, das stand mir früher mal so gut, blau. Früher. Früher. Ach.

*

»Harry, ich hab dir noch ein Bier mitgebracht.«

»Das ist aber mal nett.«

»Kann ich dir was helfen?«

»Nee. Doch. Das da auf den Kompost, aber nicht den Giersch, der muss in die Tonne, sonst wuchert der da weiter.«

»Das sagst du mir nun seit tausend Jahren. Ist das der Giersch?«

»Ja. Das erklär ich dir auch seit tausend Jahren.«

»Jajaja. Erklär es einfach nicht, sag ja oder nein und fertig. Tut dein Knie weh?«

»Jetzt nicht mehr.«

»Passt dein Anzug noch?«

»Wieso, soll ich im Garten jetzt im Anzug arbeiten?«

»Leipzig, ich rede von Leipzig. Ob dein Anzug noch passt.«

»Ich weiß ja noch nicht mal, ob ich mitfahre.«

»Harry, bitte jetzt ein für alle Mal, ich möchte darüber nicht mehr reden. Es ist unsere Tochter, sie heiratet, wir fahren da hin und aus.«

»Aha. Und aus. Die heiratet ja dauernd.«

»Ich diskutiere das nicht mehr. Hast du noch eine Krawatte?«

»Eine schwarze, von Kögels Beerdigung. Und so eine altmodische breite, silbern.«

»Das geht nicht. Wir müssen ...«

»Wir müssen gar nicht, Lore. Seit Jahrzehnten trage ich keine Krawatten, du weißt das, da werde ich für Udo Jürgens auch keine anziehen.«

»Wie kommst du denn jetzt auf Udo Jürgens?«

»Ich denk, der singt da? Nicht, das da ist Giersch. Tonne.«

»Nein, der singt da eben nicht, da singt Peter Maffay.«

»Ist doch alles dasselbe.«

»Da sieht man wieder, dass du keine Ahnung hast. Peter Maffay und Udo Jürgens, das ist wie – wie – Paulo Coelho und – und – Saul Bellow.«

»Was heißt denn das jetzt?«

»Der eine ist Kitsch und der andere kann was ... jetzt sag bloß, du weißt nicht, was ich meine.«

»Ich zieh jedenfalls keinen Schlips an, nicht mal wenn Carreras singt.«

»Wenn Carreras mal singen würde.«

»Das ist ja Kultur. Das kennt unsere Tochter nicht.«

»Hör endlich auf mit deinem ewigen Gemecker, ich kann das nicht mehr hören, ich dulde das auch nicht, es macht mich krank, du machst mich krank, alles macht mich krank, ich ...«

»Lore! Komm mal her. Nicht weinen. Mein Gott, das war doch ein Spaß. Ich hab's nicht so gemeint. Jetzt heul nicht, komm, trink einen Schluck Bier.«

»Nicht das alte, gib mir die neue Flasche, ich mag kein Pissbier.«

»Das ist kein Pissbier.«

»Wohl, ganz warm.«

»Was ist denn bloß los mit dir? Immer hast du gesagt, dass du es großartig findest, dass ich diese dämlichen Schlipse nicht trage. Wie schön ein offenes weißes oder schwarzes Hemd ist. Ich kann mir ja einen weißen Seidenschal umhängen, aber eine Krawatte kriegt keiner mehr an mich ran. Nicht mal auf deiner Beerdigung.«

»Ach, du denkst schon an meine Beerdigung?«

»So gefällst du mir schon besser. Wir werden doch jetzt nicht anfangen, uns nach spießigen Spielregeln zu richten, die unser ganzes Leben nicht galten.«

»Nein. Du hast recht. Was soll ich denn anziehen, lang?«

»Bloß nicht. Du hast doch gar kein langes Kleid, oder?«

»Doch, diesen roten Seidenrock, und dazu ein Oberteil.«

»Nein, mach das nicht. Zirkus. Wir putzen uns nicht raus. Zieh eine schöne Hose an und deinen schwarzen Samtblazer von Armani, so siehst du immer am besten aus.«

»Ich kann doch da nicht in Hosen hingehen.«

»Dann geh halt ohne Hosen. Siehst du, jetzt lachst du wieder. Guck mal, das Rotkehlchen. Immer um mich rum.«

»Ich wünschte, ich hätte was, was mich so ablenkt und tröstet wie dich dein Garten.«

»Du hast doch deine Bücher.«

»Ach, Harry. Wovon handeln alle Bücher?«

»Sag's mir.«

»Von Liebe, die nicht klappt, vom Altwerden, vom Tod, von schrecklichen Kindheiten.«

»Dann lass es sein, du hast genug gelesen in deinem Leben, schneid mal die verblühten Akeleien zurück.«

»Welche sind das?«

»Siehst du, du Paulo Coelho und Saul Bellow, ich aquilegia
und aconitum.«

»Harry?«

»Ja?«

»Sind wir eigentlich glücklich?«

»Mal anders gefragt: was soll das sein, glücklich?«

»Sind wir es?«

»Meistens.«

12 | HARRY

Mein Garten! Er ist mir ans Herz gewachsen. Mein Gott, als wir das Haus kauften, hatten wir keine Ahnung von Gartendingen. Die anfängliche Ausrede für jede Aktivität, es sei doch romantisch, alles verwildern zu lassen, erwies sich als Trugschluss. Brombeersträucher, Brennnesseln und Giersch – es sah furchtbar aus. Und die Nachbarn begannen sich zu beschweren, weil ihnen der Wind die Samen unserer Unkräuter in die gärtnerisch gestalteten Beete wehte. Sie wollten eben keinen Löwenzahn in ihren englischen Rasen. Lore hasst Gartenarbeit. War also ich gefragt, oder man hätte eine Gartenbaufirma engagieren müssen. Sonst noch was! Einige von denen beweisen ihre Phantasielosigkeit auf den Gräbern des nahen Friedhofes, wo meine Eltern liegen.

Mein Vater war begeisterter Schrebergärtner im Eisenbahner-Garten-Verein. Aber ich hab mich in jungen Jahren für alles andere interessiert als für seinen Schrebergarten. Ich kannte keine Pflanze mit Namen, klappte die Ohren zu, wenn er seiner Begeisterung für Gehegtes und Gepflegtes freien Lauf ließ.

Nun war ich gefordert und ich nahm die Herausforderung an. Ich habe Gartenbücher gekauft, bin in die Gärtnereien gegangen und habe mich mit den alten Eisenbahnerkollegen meines Vaters unterhalten. Ich recherchierte, lernte, plante, kaufte und pflanzte, machte alle Fehler, die man machen kann, hatte erste Erfolge, verbesserte mich und hatte nach einigen Jahren einen ganz respektablen Garten. Und vor allem: Der Garten wurde mir zur Leidenschaft. Heute kenne ich jede meiner Pflanzen, auch ihren lateinischen Namen, habe ein beinahe professionelles System in meinem Staudenbeet, sorge für Blühendes fast rund ums Jahr, und sogar Lore, die den Zeitaufwand für den Garten daran misst, wie viele Bücher man in der Zeit lesen könnte, sagt manchmal beinahe stolz zu Besuchern: Harry hat einen grünen Daumen. Mein von vielen nicht verstandener Stolz ist: Es gibt in diesem Garten keinen Rasen, also keinen Rasenmäher und somit keinen Rasenmäherlärm. Es gibt Beete, Sträucher, Büsche, Stauden, verschlungene Wege, mit Schotter von Baustellen gepflastert. Und es gibt eine Laube unter einem Rosenbogen mit einer Bank, auf der Lore gerne ihre Bücher liest. Ja, der Garten macht viel Arbeit, mehr, als ich je dachte. Und er bestraft dich, wenn du ihn mal eine Woche vernachlässigst.

In letzter Zeit, ich muss es zugeben, ist mir die Arbeit manchmal zuviel. Schon vereinfache ich die Dinge, trenne mich von Exoten, vermehre das, was sich gerne und gut ausbreitet. Die Arbeit geht ins Kreuz. Der Garten ist es, der mir sagt: Harry, du wirst alt. Und er fragt mich: Was wird aus mir, Harry, wenn du plötzlich nicht mehr bist? Lore kommt sicher auch ohne mich im Leben klar. Aber mit dem Garten wird sie allein nicht fertig werden. Sie wird das Haus verkaufen, das wäre vernünftig, oder sie wird alles verwildern lassen.

Das sind die ewigen Fragen, die sich jeder von uns beiden heimlich stellt, über die er mit dem anderen aber nicht sprechen will: Wer stirbt zuerst, wer lässt wen alleine zurück, wer käme besser alleine zurecht?

Insgeheim, ich weiß nicht, ob es Lore auch so geht, hofft man eigentlich, der zu sein, der zuerst geht. Ist das feige?

✻

»Sag mal, Lore, ist das feige, wenn man sich wünscht, der erste zu sein, der stirbt?«

»Willst du dich schon aus dem Staub machen?«

»Meine Frage ist ernst gemeint.«

»Harry, was sind das für Gedanken? Nach der durchschnittlichen Lebenserwartung haben wir noch zwanzig Jahre zu leben – ich sogar zweiundzwanzig.«

»Das ist doch keine Antwort auf meine Frage.«

»Ich will nicht über unseren Tod nachdenken. Das ist doch müßig. Es kommt sowieso anders, als man denkt. Ich gehe morgen über die Straße und werde überfahren und aus. Ist doch nichts berechenbar.«

»Dann pass halt auf.«

»Bitte?«

»Ich meine, wenn du morgen über die Straße gehst.«

»Ist gut, Harry, ist gut.«

»Du hast ja im Prinzip recht. Manchmal habe ich einfach Angst, mal alleine zu sein. Alleine in dem Haus.«

»Ja. Daran will ich gar nicht denken. Bitte, Harry, lass uns nicht über so was reden. Nicht heute, ja?«

»Okay. Dann hat es vermutlich auch keinen Sinn, das Thema Testament mal wieder anzusprechen?«

»Gar keinen, Harry.«

»Ich kenne niemanden in unserem Alter, der nicht ein Testament gemacht hätte.«

»Seltsam, ich kenne keinen, der eins gemacht hat.«

»Die Leute reden nicht darüber. Sie machen es und fertig.«

»Glaubst du, mein Bruder hat ein Testament gemacht?«

»Theo? Schon vor dreißig Jahren. Und nach jeder Pleite und nach jeder Frau hat er es erneuert. Als ihn Carmen verließ, hat er sofort alles geändert. Hat er mir selbst erzählt.«

»Dann erbt jetzt Rita?«

»Wird so sein. Nur, die dumme Nuss hat ja keine Ahnung davon, dass sie bloß Schulden erben wird.«

»Ach, Rita, ja, sie ist eine dumme Nuss.«

»Wenn an ihr nichts mehr zu liften ist, bringt sie sich eh um.«

»Ich war doch neulich mit ihr in dem Wellnessbad. Stell dir vor, die ist im ganzen Intimbereich gepierct und tätowiert.«

»Im ganzen Intimbereich? Was heißt das?«

»Was wohl?«

»Schon gut, verstehe. Ich nehme an, da steht dein bescheuerter Bruder drauf.«

»Weiß ich nicht, schon möglich.«

»Sicher.«

»Sag mal, wie macht man denn überhaupt ein Testament?«

»Du willst also doch darüber reden?«

»In Gottes Namen, ja.«

»Man schreibt seinen Willen handschriftlich auf und deponiert das bei einem Notar.«

»Und der kriegt Geld dafür?«

»Sinnvoll ist es, sich von einem Notar beraten zu lassen.«

»Harry, du tust ja gerade so, als hätten wir ein Firmenimperium zu vererben. Außerdem ist doch klar – darüber haben wir schon gesprochen: Du beerbst mich, ich beerbe dich.«

»Schon falsch. Das hatten wir auch schon: Kinder haben ein Pflichterbteil.«

»Na gut, erbt Gloria eben einen Teil.«

»Lore! Darüber hatten wir uns doch verständigt, dass das angesichts ihrer Zukunft nicht nötig ist.«

»Vielleicht doch. Was weiß man, vielleicht sagt sie vor dem Traualtar noch nein.«

»Das glaubst du doch selbst nicht.«

»Wem willst du denn dann alles vererben? Hast du eine heimliche Geliebte, die versorgt werden muss?«

»Lore, du spinnst.«

»Ach!«

»Du willst einfach nicht ernsthaft über das Thema reden.«

»Stimmt.«

»Na, dann eben nicht.«

»Stell dir vor: Eine Freundin von der Kollegin Drechsel war neulich beim Begräbnis ihres Vaters in München. Da stehen die Witwe und fünf erwachsene Kinder am Grab und sehen verwundert, dass da noch eine andere Frau mit Witwenschleier und drei fast erwachsenen Kindern steht und trauert. Es stellt sich heraus, dass der Verstorbene ein Doppelleben geführt hat. Er war Vertreter einer Firma in Stuttgart, bereiste den ganzen Süden und Südwesten. Und er hatte eine Familie in München und eine in Freiburg, und beide wussten nichts voneinander. Beiden Familien hatte er ein Reihenhaus gekauft, beiden Familien war er der Vater, der eben berufsmäßig viel unterwegs war. Verrückt, oder?«

»Klingt wie aus einem Roman. Hatte nicht Charles Lindbergh eine Familie in Deutschland und eine in Amerika?«

»Ja, hatte er. Und du, Harry, wo ist deine zweite Familie?«

»Auch in München.«

»Wie heißt die Dame?«

»Uschi Glas.«

»Harry, tu alles, aber tu mir das nicht an!«

»Schon gut, ich lasse es. Nein, für so ein Doppelleben hätte ich nichts übrig. Muss doch anstrengend sein.«

»Die Drechsel sagt, der Mann in München beziehungsweise in Freiburg sei ein guter, ausgeglichener und treusorgender Familienvater gewesen. Beiden Familien.«

»Ja, manche kommen mit einer Familie nicht zurecht, andere schaffen zwei. Übrigens, das Testament dieses Mannes wäre interessant.«

»Womit wir wieder beim leidigen Thema wären.«

»Lassen wirs für heute.«

»Weise Einsicht, Harry.«

»Noch was, Lore: Geh morgen bitte nicht über die Straße. Ich brauch dich noch.«

»Das klingt ja fast wie eine Liebeserklärung.«

»Es ist eine.«

13 | LORE

Mein Gott, war das heute deprimierend bei Mutter. Da liegt dieses arme Wesen, Augen offen, sieht nichts, ist nicht ansprechbar, fühlt nichts – aber was weiß man. Fühlt bestimmt etwas. Sie atmet noch, sie ist wach, sie wird doch etwas fühlen – aber was? Blickt sie weit zurück in ihre Kindheit? Sie sieht aus wie auf den Kinderfotos, ein kleines Mädchen mit einem dünnen Haarkränzchen. Ich hab einfach nur ihre Hand gehalten, das kleine Radio angemacht, dann haben wir ein schönes Violinkonzert gehört, und ich hab die ganze Zeit gedacht: ach, dieses wunderbare Violinkonzert von Mendelssohn, ich kenne da jeden Ton, und dann war es von Brahms. Hab ich wieder mal verwechselt. Wie immer, wie alles, ich bring alles durcheinander. Aber es war schön, Brahms oder Mendelssohn, wir haben es gehört und genossen. Na ja. Ich habe es gehört. Sie auch? Kein Lächeln, keine Regung, nichts. Nur, als ich ihre Hand losließ, um wieder zu gehen, hat sie für einen Augenblick den Kopf gedreht, als würde sie mich ansehen wollen. Aber ihre Augen sind so leer, so tot. Da habe ich mich wieder hingesetzt und nur geweint, und ich hab dann einfach erzählt, von Gloria, von Harry, von mir, ach Mama, hab ich gesagt, ich würde dich jetzt brauchen, deinen Witz, deine Schärfe, deinen Rat. Du warst immer so unbestechlich. Du hast dir nie was vorgemacht, dir nicht und anderen nicht. Ich versuche immer, es allen recht zu machen. Ich brauche Harmonie. Ich kann nicht einfach so lospoltern wie Harry, ich kann nicht sagen: Leckt mich doch alle am Arsch.

Ob sie mich hört, wenn ich rede? Mir hat es jedenfalls gutgetan. Da hängt sie, an ihren Schläuchen, an ihrer Magensonde, und lebt, falls das Leben ist. Scheiß doch aufs Testament, aber diese Patientenverfügung, die müssen wir machen. Die ist wichtig. Ich will nicht so liegen.

Als ich ging, saßen ein paar Alte auf dem Flur in Rollstühlen, starrten vor sich hin, eine sah mich an und sagte: Wann kommt der Bus? Gleich, habe ich gesagt, gleich kommt der Bus, Frau Teubner. Sie denkt nämlich immer, sie müsste in die Schule. Das ist gut, sagte sie, ich muss nämlich in die Schule.

Was wird nur aus uns. Wieder kleine Kinder, wir werden am Ende des Lebens zu Kindern, und dann zu Asche und Erde und das war's dann, und darum so ein Theater?

Aber ich weiß jetzt, was ich Gloria schenke, auf dem Rückweg vom Pflegeheim fiel es mir ein. Sie kriegt Mutters Perlenkette. Ich kann mich davon trennen, für Gloria kann ich das. Ich trage ehrlich gesagt sowieso keine Perlen, aber Mutter hat die immer getragen und sah toll aus damit. Sie hat sie mir geschenkt nach dem ersten leichten Schlaganfall. Und ich hatte noch die Perlenkette, die mein Vater mir zur Konfirmation geschenkt hat – damals waren sie schon getrennt, er kam an und schenkte mir diese Perlenkette. Ähnlich wie die von Mutter. Mutters Perlen sind gleich groß, seine werden nach hinten kleiner, die Kette ist länger, und beide so blöd geknüpft, wie man das früher hatte, und die Knüpfbänder und Knoten ganz dreckig. Als Mutter ins Pflegeheim kam, hab ich beide Perlenketten zu dieser verarmten Adeligen gebracht, die Ketten auffädelt und einfache Reparaturen macht, neue Schlösser dran und so, wie heißt die noch? Wie heißt die – Frau von, Frau von …? Ist ja auch egal. Ich hab sie ihr gebracht und gesagt, bitte neu aufziehen, neue Schlösser, bisschen kürzer und so. Hat hundertfünfzig Euro gekostet, und als ich die Ketten abholte, hat sie gesagt: Sie wissen schon, eine ist unecht. Das hat mich umgehauen. Nein, sagte ich, weiß ich nicht, wie, unecht? Komplett unecht, sagte sie, die andere, das sind echte Perlen. Ich habe ihr sofort gesagt: ich will es nicht wissen. Ich will nicht wissen, ob Papa zu betrügerisch oder zu blöd war oder ob er dachte, für so eine Vierzehnjährige tun's doch falsche Perlen, oder ob Mama, die immer geizig war, heimlich falsche Perlen trug. Ich will es nicht wissen. Ich tippe auf Papa mit den falschen. Aber wenn ich Gloria jetzt Mutters Perlen schenke, dann müssen die schon echt sein – ich seh so was nicht. Vielleicht doch. Ich guck heute noch mal genau. Vielleicht versteht Selma was davon, ich werd mal Selma fragen, sonst müsste ich doch Frau von Schrenckendorff – so hieß sie! Frau von Schrenckendorff, es fällt mir ja doch noch was ein. Die müsste ich sonst fragen.

Ich schenke Gloria die Perlen und dazu meinen alten Brillantring, ich trage den sowieso nicht. Das ist es. Gut. Wenigstens das ist geklärt.

*

»Harry, ich weiß nicht, was ich kochen soll. Mir fällt einfach nichts ein.«

»Wir hatten lange keinen Rosenkohl. Mach doch mal Rosen-kohl.«

»Und was dazu?«

»Kartoffeln, und ich mach im Grill so eine Bratwurstschne-cke.«

»Mächtig fett.«

»Mächtig lecker.«

»Weißt du noch, wie Gloria ein paar Jahre Vegetarierin war? Wir essen ja auch nicht so viel Fleisch, aber das war ein Zir-kus – keine Fleischbrühe, keine Wurst, kein Hühnchen mehr, immer nur Reis und Gemüse, und dann, von einem Tag zum andern: wieder Currywurst.«

»Es geht ja auch gar nicht ohne.«

»Geht schon, aber ein bisschen Fleisch braucht der Mensch doch, nicht täglich, nicht bergeweise, aber ein bisschen ...«

»Sag mal, seit wann trägst du denn Perlen?«

»Ach, das fällt dir auf?«

»Ja natürlich. Was sind das für Perlen? Von deiner Mutter? War die nicht einreihig?«

»Das sind zwei Ketten, guck mal. Von meinem Vater und die von Mutter. Siehst du einen Unterschied?«

»Nee. Die da sind alle gleich groß.«

»Sehen da welche echter aus als die anderen?«

»Sind doch sowieso alle unecht. Zuchtperlen oder Glasper-len, die ganz echten kann doch kein Mensch bezahlen.«

»Aber du siehst keinen Unterschied, oder?«

»Nein. Warum?«

»Ich will Gloria eine schenken.«

»Trägt die Perlen?«

»Jede Frau trägt Perlen.«

»Du nicht.«

»Und was ist das dann hier?«

»Jesses; ja, lass gut sein. Apropos Fleisch, ich wollte noch erzählen, ich war neulich mit Ede in diesem neuen Brauhaus, da waren japanische Geschäftsleute, die haben alle Haxe bestellt. Zwei Deutsche dabei. Kommen sieben, acht von diesen riesigen Haxen, und die Deutschen säbeln und schaufeln rein, und die Japaner stochern völlig pikiert in diesen Fleischbergen rum, unsicher, hier ein Bröckchen, da ein Krümchen, und am Ende ging fast alles wieder zurück. Da sind eine Menge Schweine gestorben für nichts.«

»Daran darf ich sowieso nie denken. Deine Bratwurstschnecke war auch mal ein Tier.«

»Nein, Lore, das war immer schon eine Bratwurstschnecke.«

»Jaja, wie der Pelz von Rita, die Tiere waren doch schon tot, als der Mantel genäht wurde, sagt sie immer.«

»Hör auf mit Rita. Kommen die eigentlich mit nach Leipzig?«

»Was sollen die denn da, bloß nicht.«

»Ist Theo nicht Glorias Patenonkel?«

»Ja, aber das war er etwa, bis sie achtzehn wurde, ein Sparbuch, ein bisschen Geld, danach hat er sich doch nie mehr gekümmert.«

»Wie soll man sich auch um Gloria kümmern.«

»Ich möchte nicht, dass die mitkommen.«

»Ich auch nicht. Wir fahren mit dem Zug, oder?«

»Unbedingt. Andererseits – mit dem Auto kann man schneller wieder weg.«

»Ich denke, du willst unbedingt hin, und nun denkst du schon wieder ans schnelle Wegkommen.«

»Ich will nicht unbedingt hin, Harry, wir müssen leider hin. Aber wenigstens hört es sich inzwischen so an, als ob ich das nicht allein durchstehen müsste.«

»Musst du nicht, du kleine Bratwurstschnecke.«

»Jetzt krieg ich richtig Appetit.«

»Dann geh ich jetzt einkaufen. Was brauchen wir?«

»Große Tüten zum Einfrieren.«

»Nein, ich meine, für dieses Essen jetzt.«

»Und Emsal für Parkett, und Klopapier.«

»Lore, ich will jetzt keinen Dreistundenrundumkauf machen, ich will einkaufen, was wir heute essen, also?«

»Wir brauchen aber Klopapier.«

»Herrgottnochmal, dann geh du und kauf, was wir brauchen.«

»Was du immer gereizt bist.«

»Ich bin nicht gereizt, ich bin ... vergiss es. Ich bin im Garten.«

»Jaja. Im Garten. Sonst fällt dir nichts ein. Ich kann ja alles alleine machen, alles hängt immer an mir.«

»Im Moment hängen an dir nur idiotische Perlen, sonst gar nichts.«

»Du kannst mich mal.«

»Senf. Senf nicht vergessen. Ach, und bring ein paar Flaschen Bier mit, dann muss ich nicht noch mal los.«

»Zwei, drei?«

»Fünf!«

»Sonst noch was.«

14 | HARRY

Wenn das mit den Horrornachrichten aus der Leipziger Nobelsociety so weitergeht, dann wird noch meine Lore die sein, die nicht zur Hochzeit fahren will. Die künftige Braut hat ihrer Mutter gestern mitgeteilt, dass zum Hochzeitskleid ein weißes Nerzjäckchen gehört. Lore war außer sich. Ihr Leben lang hat sie keinen Pelz getragen, hat sich für den Tierschutz und gegen das Tragen von Pelzen engagiert, isst nur wenig Fleisch, weil sie die Vorstellung von der Massentierhaltung nicht ertragen kann. Ironie der Geschichte: Unsere Tochter Gloria war es, die unser Bewusstsein für das Elend der Tiere geschärft hat. Mit vierzehn hörte sie auf, Fleisch zu essen. Mit sechzehn nahm sie an einer radikalen Demonstration gegen Pelze teil. Man hat sie erwischt, als sie eine pelztragende Passantin besprühte. Wir haben sie bei der Polizei abgeholt und waren sehr stolz auf sie. Aus Solidarität zu ihr versuchten wir auch vegetarisch zu leben. Lore bekam das gut hin. Ich ging heimlich manchmal mit Ede in ein Steakhaus und schlug zu. Jetzt isst Gloria längst wieder Fleisch, das Kind auch, glaube ich. Ja, ich weiß so was nicht, und es interessiert mich auch nicht.

Nerzjäckchen! Bei einer Hochzeit am zweiten September! Man glaubt es nicht.

Leider ist es mir nicht gelungen, Lores Empörung dahingehend zu nutzen, dass wir unsere Reise zur Hochzeit absagen. Lore glaubt, dass sie Gloria das Nerzjäckchen noch ausreden kann. Da bin ich skeptisch. Sie hatte sich ja schon bei ihrer Mutter die Zähne ausgebissen. Leni trug Pelze, sogar im Sommer.

Ach, Leni. Gestern war ich bei ihr. Kein Erkennen, keine Reaktion. Astronautenkost per Sonde. Durchgelegener Rücken, ein Gerippe, eine Hülle, sonst nichts, nur wegen Theo, der sich nie um seine Mutter gekümmert hat und sich auch jetzt nicht kümmert. Plötzlich hatte er ›ethische Bedenken‹, faselte von ›Euthanasie‹ und verhinderte eine Erlösung. Dabei hasste er seine Mutter. Immer machte er ihr Vorwürfe, fühlte er sich gegenüber seiner Schwester zurückgesetzt. Theo war schlecht in der Schule, galt als schwer erziehbar, lebte schon früh von Betrügereien und ist bis heute eine zwielichtige Gestalt. Die Mutter zog Lore vor, die Fleißige, die kleine kluge Überfliegerin, der alles in den Schoß fiel. Dabei war das Verhältnis zwischen Mutter und Tochter beileibe nicht harmonisch. Leni war stark, dominierend, egoistisch. Trotzdem mochte ich sie — ich sage mochte, denn was da im St. Antonius-Heim liegt, ist nicht mehr die Leni, über die ich tausend Geschichten erzählen könnte, Leni, die immer für Überraschungen gut war, Leni, die mir fünfzehn Jahre lang oder länger zum Geburtstag immer ›Gute Geister in Nuss‹ von ALDI schenkte. Wir sind immer zusammen zum ALDI gefahren. Das hat sie geliebt. Lore konnte mit der geizigen Pfennigfuchserei ihrer Mutter nicht gut umgehen und fuhr nie mit. Mich hat es belustigt, mit Leni einzukaufen. Wir nahmen immer jeder einen Einkaufswagen und machten jeder seine Einkäufe. Manchmal zahlte ich an der Kasse für Leni mit, manchmal nicht. Das war so ein Spielchen. Ich wollte nicht, dass aus dem Zahlen ein Automatismus wurde. Und für sie war es ein Sport, es so hinzukriegen, dass ich zahlte. Entweder hatte sie ihre Geldbörse vergessen, oder sie fiel ihr hin und sie hob sie so langsam auf, dass ich aus reiner Ungeduld gezahlt habe.

Einmal, es war vierzehn Tage vor meinem Geburtstag, nahm Leni im ALDI die besagte Schachtel ›Gute Geister in Nuss‹, gab sie mir mit den Worten, hier hast du schon mal dein Geburtstagsgeschenk, nimm es, dann muss ich es nicht einpacken. An der Kasse habe ich mein Geburtstagsgeschenk bezahlt und mich später im Auto bedankt. Für Leni war der Vorgang völlig normal, ich hatte Spaß. So will ich da nicht liegen, und so will ich dich nicht liegen sehen.

*

»Lore, in zwei Monaten ist Lenis Konto aufgebraucht. Du solltest deinem Bruder langsam beibringen, dass er sich künftig zur Hälfte an den Kosten beteiligen muss.«

»O Gott. Das wird ein Kampf.«

»Ich sehe nicht ein, dass wir das alles bezahlen.«

»Jaja, das verstehe ich, aber —«

»Er wollte diese Lebensverlängerung. Also soll er jetzt auch dafür mit aufkommen.«

»Kannst du ihm das klarmachen?«

»Ungern. Du weißt, was ich von ihm halte.«

»Auf mich hört der nicht.«

»Und ich habe damals geschworen, dass ich nie mehr mit Theo über Geld rede, wenn ich überhaupt noch mit ihm rede.«

»Harry, das ist doch alles lange her. Ich weiß schon gar nicht mehr, um was es damals überhaupt ging.«

»Ach, das weißt du nicht?!«

»Nein, Harry, wirklich nicht.«

»Es war nach der Wende. Theo kam mit Glanzkatalogen. Steuerbegünstigte Immobilien in Erfurt. Ede hat sofort zugeschlagen. Ich wollte die Objekte sehen. Theo zögerte, aber dann fuhr er mit mir nach Erfurt. Er zeigte eine sogenannte Musterwohnung —«

»Ja, ich erinnere mich.«

»Die Musterwohnung war okay. Aber die anderen waren Schrott, absoluter Schrott. Es war Betrug. An uns ist der Kelch vorübergegangen. Ede hat dreihunderttausend Mark verloren. Und bei Theo war plötzlich nichts zu holen.«

»Glaubst du denn, dass jetzt was zu holen ist?«

»Schau dir doch bitte den Lebenswandel an. Er fährt einen Jaguar, Rita ein Mercedes-Cabrio, für das Haus zahlen sie über dreitausend Euro Miete. Urlaub auf Barbados, Skifahren in Davos, und und und.«

»Vielleicht ist das alles auf Pump.«

»Mir doch egal, dann soll er sich an den Kosten für seine Mutter auch auf Pump beteiligen.«

»Harry, wir wollen doch nicht nach Barbados?«

»Nein, was —«

»Und auch nicht nach Davos?«

»Nein, aber —«

»Und der alte Benz tut's doch?«

»Klar, was soll das jetzt, Lore?«

»Also, wir brauchen all das nicht, was für Theo und Rita wichtig ist, richtig?«

»Richtig.«

»Und unsere Tochter ist jetzt versorgt.«

»Scheint so.«

»Und ins Grab können wir auch nichts mitnehmen.«

»So ist es – worauf willst du hinaus? «

»Harry, ich will diesen meinen verlotterten und charakterlosen Bruder nicht darum bitten müssen, für unsere Mutter mit aufzukommen. Ich will seine Ausreden nicht hören, nicht sehen, wie er sich windet. Er hat mich seit Jahren nicht mehr gefragt, was mit Mutter ist. Es interessiert ihn nicht.«

»Ja eben, aber –«

»Lass uns, ich bitte dich, wenn es finanziell geht, die Größe haben, ihn um nichts zu bitten.«

»Es geht finanziell, ja, das schon.«

»Dann lass es uns tun.«

»Okay –«

»Verstehst du es denn auch?«

»Aber ja –«

»Ich bin nun einmal so.«

»Ich weiß.«

»Erträgst du es immer noch, dass ich so bin?«

»Ich liebe dich, weil du so bist.«

15 | LORE

Gestern war ich mit Heidi in der Stadt. Hat mir mal ganz gutgetan, bisschen bummeln, Läden gucken, Pullover kaufen, Sekt bei Peek & Cloppenburg. Diese jungen Mädchen laufen alle bauchfrei rum und sind irgendwie gepierct, ›getackert‹, sagt Harry immer. Ich bemühe mich, das zu verstehen, ich bemühe mich sogar, es als Vorrecht der Jugend schön zu finden, aber ehrlich gesagt: ich verstehe es nicht und ich finde es auch scheußlich. Ich kann gar nicht hingucken. Knopf im Bauchnabel, Knopf auf der Zunge, Ringe in den Augenbrauen und der Nase, es ist grässlich. Und Rita – rasiert, tätowiert, gepierct, in ihrem Alter. Grauenhaft. Bin ich alt und blöd? Ja, wahrscheinlich. Sahen wir mit unsern gestärkten Petticoats und Metallgürteln auch so dämlich aus? Unsere Mütter haben es damals behauptet. Und wir fanden, dass unsere Mütter uralte, hässliche Frauen waren. Damals war man mit vierzig alt, kommt mir jedenfalls so vor. Heute ist man mit sechzig jung. Heidi ist zweiundsechzig und hat einen vierzigjährigen Lover. So was geht heute alles. Ich bin da auch nicht neidisch, aber ich staune doch. Wenn ich mir meine Mutter vorstelle – das wäre unmöglich gewesen. Heute: gar kein Thema. Er betet sie an. Ihm ist ihr Alter völlig egal, er mag ihr Temperament, ihren Unternehmungsgeist. Hat sie ja auch. Mich hat sie auch wieder mitgerissen gestern, und Gloria, sagt sie, soll doch machen, was sie will. Sie ist groß, Lore, sagt sie, eine erwachsene Frau, es ist ihr Leben, reg dich ja nicht mehr auf, über was auch immer. Sieh zu, dass du selbst auf die Beine kommst, sagt sie. Sie findet mich lustlos und langweilig. Sie hat ja recht. Ich krieg ja schon ein Tief, wenn ich morgens bloß die Zeitung lese. Überall Pleiten, Elend, kaputte Welt, Kriege, Mist, Ungerechtigkeit. Ich kann das nicht mehr einfach so wegstecken wie früher, ich werde dünnhäutiger. Heidi liest keine Zeitung mehr. Seit sie den jungen Lover hat — na ja, jung ist der nun auch nicht mehr —, liest sie alles im Internet. Ich kann das nicht. Ich brauch zum Frühstück Papier in den Händen, wenigstens die Kinderzeitung, wie ich unser Lokalblatt immer nenne. Harry verschmäht die Kinderzeitung, er liest nur FAZ, obwohl er über ihren politischen Teil ständig schimpft. Ich setz mich doch nicht morgens um neun mit meinem Kaffee vor Harrys Computer, wie furchtbar ist das denn. Mir reicht der Computer in der Bibliothek, und den hab ich streng zum Arbeiten, da will ich nicht Zeitung lesen oder so was. Ich fühl mich manchmal hoffnungslos rückständig.

Aber andererseits, muss man denn alles mitmachen, ist das wichtig? Was ist wichtig? Es verschwimmt alles so. Wir regen uns auf, wenn der Papst einen Antisemiten zurück in die Kirche holt. Warum eigentlich? Der ganze Verein ist doch marode und verlogen, sollen sie doch machen, was sie wollen, warum regt mich das auf? Weil ich das Gute will. Weil so erzogen wurde, dass ich gewisse Werte achte und einhalte und, ja, einfordere. Ich kann das nicht hinnehmen, es steht gegen alles, was man mir beigebracht hat: Toleranz, Nächstenliebe, Verständnis. Stattdessen Stellvertreter Gottes, als könnte es so was geben, unfehlbar, als könnte es so was geben,

und nun noch dies. Mutter hat diese ganzen heiligen Herren in Kleidchen abgrundtief gehasst. Ich hasse sie nicht, ich verachte sie. Was für ein faules Drohnendasein, nur um möglichst viele Menschen unter ihre Macht zu kriegen, um unermessliche Reichtümer anzuhäufen, während die halbe Welt hungert, um sich abzuschotten in ihrem eigenen Staat, was für eine Bande. Weg damit, Mutter hat recht. Nichts gegen die Kultur der Kirche – schöne Bauten hat sie uns beschert, Gott wohnt immer prächtig und in bester Lage. Herrliche Musik, großartige Bilder, Klöster – jaja. Aber um welchen Preis. Inquisition, Folter, Verfolgung, Kreuzzüge, Hexenverbrennungen, ganze Länder unterworfen, Drohungen, Unterdrückung, Schweigen im Dritten Reich und jetzt – Antisemiten und Holocaustleugner nur immer rein in den Verein.
Heidi sagt auch: weg mit denen. Ich bin sicher, irgendwann wird das alles abgeschafft. Aber das erleben wir nicht mehr. Ich bestimmt nicht. Und Mutter leider auch nicht.

✶

»Harry, heute Abend liest Daniel Kehlmann bei uns, willst du mal kommen?«
»Daniel Kehlmann?«
»Der mit der ›Vermessung der Welt‹. Das hat dir gut gefallen, Gauß und Humboldt.«
»Ach der, ja, tolles Buch, Humboldt schläft auch nachts in Uniform, um die Contenance nicht zu verlieren, woher der Kehlmann so was weiß, frage ich mich.«
»Ein Autor darf phantasieren.«
»Auch mit realen Figuren?«

»Ja, klar. Das eben macht ja Literatur aus. Kommst du?«

»Nein, ich kenn das Buch doch, warum soll ich mir das denn noch mal vorlesen lassen?«

»Um den Autor kennenzulernen.«

»Lernt man bei so was einen Autor denn kennen?«

»Ja, natürlich. Außerdem liest er nicht aus dem Buch, sondern aus dem neuen.«

»Wie heißt das?«

»Ruhm.«

»Aha. Kaum ist er berühmt, schon schreibt er über Ruhm? Raffiniert. Worum geht's da?«

»Um – äh – das ist schwer zu sagen. Da mischen sich reale und fiktive Personen, also das sind einzelne Geschichten, und die –«

»Ist es gut?«

»Ehrlich jetzt?«

»Na klar ehrlich.«

»Nein. Aber das sage ICH. Meine kleine dumme Meinung. Es ist wirr. Alle loben es, aber ich finde, es ist nur was für Kritiker. So Tüftelliteratur.«

»Tüftelliteratur. Und da willst du mich hinlocken?«

»Meinetwegen. Komm doch mal mit.«

»Ach Lore, du weißt doch, wie mürrisch ich dann da rumsitze, davon haben wir beide nichts.«

»Hätte ja mal sein können. Nie gehst du irgendwo mit hin. Heidi kommt mit ihrem Lover.«

»Heidi ist auch mehr an Literatur interessiert als ich, und außerdem zeigt sie sich gern in der Öffentlichkeit mit ihrem Alfred.«

»Arthur.«

»Arthur?«

»Arthur.«

»Mit ihrem Arthur. Was macht der eigentlich?«

»Der ist irgendwie Computerfachmann oder so was.«

»Und der liest?«

»Weiß ich nicht, aber er geht ihr zuliebe mit.«

»Dann musst du dir eben auch irgend so einen Arthur suchen. Oder Alfred.«

»Weißt du was, Harry, du kannst mich mal. Du bist der langweiligste und nervigste Mann, den ich kenne.«

»Und das nach vierzig Jahren, was für ein Irrtum, dein ganzes Leben.«

»Ja, manchmal denke ich das auch.«

16 | HARRY

Mir graust. Aber jetzt ist es beschlossen und ich hab es Lore versprochen, wir fahren zur Hochzeit nach Leipzig. Ede sagt, Mann, das ist doch Klasse, schau dir das an, wann hat man schon mal die Gelegenheit, so einen Wahnsinn hautnah mitzuerleben! Ede beneidet mich sogar. Er würde liebend gern mitfahren. Fahr doch du mit Lore, hab ich gesagt. War natürlich ein Scherz. Gestern kam eine Mail von meiner Enkelin. Mein Gott, diese Kinder heutzutage!

›Hallo Opa! Heute in zehn Tagen werde ich elf Jahre alt. Ich maile dir meine Wunschliste, damit du dir nicht den Kopf zerbrechen musst wegen deinem Geschenk für mich. Weihnachten habe ich von Frank eine Nintendo DS-Lite-Konsole bekommen. Ich hab bis jetzt fünfzehn DS-Spiele. Nun wünsche ich mir folgende Spiele: 1. Harvest Moon 2. Pokerman Ranger – Finsternis über Almia 3. Spectrobes – Jenseits der Portale 4. Spiderman – the movie 2 (the movie 1 hab ich schon) 5. Rayman Raving Rabbits 6. Dungeon Maker 7. Boulde-Dash-Rocks 8. Speed Racer. Mein Freund Kevin hat die Spiele schon. Sie sind total cool. Ein Spiel kostet im Internet ungefähr 40 Euro. Wenn du mir die 8 Spiele schenkst, kostet dich das 320 Euro. Frank kann sie bei einem Kollegen für 250 Euro kriegen. Du sparst also 70 Euro. Mama sagt auch, dass es das beste ist, wenn du mir das Geld schickst. Dann hast du keine Arbeit damit. Es grüßt dich deine Laura.‹

Erst war ich platt, hatte so eine Wut. Dann hab ich mir gesagt, was kann dieses arme Kind dafür, wenn die Mutter, die gerade einen Geldsack heiratet, dem Kind den Rat gibt: Opa soll das Geld schicken. Zweihundertfünfzig Euro, mal eben so, für eine Elfjährige. Spinnt die Frau? Klar spinnt sie, das wissen wir doch. Aber was tun? Das Kind belehren? Hilft das? Wütend Gloria schreiben, was ihr einfällt? Da ist Hopfen und Malz verloren. Wenn ich mit Lore darüber rede, weiß ich, was kommt. Wir schicken ihr ein gutes Buch, sagt sie dann, obwohl sie selbst ahnt, dass dieses Buch nicht gelesen wird. Letztes Jahr hat sie Laura ›Dr. Dolittle‹ geschenkt. Als das Kind einen Monat später für eine Woche in den Ferien bei uns war, wusste es nichts von diesem Buch. Diese Kinder lesen nicht mehr.

O Gott, das steht uns ja auch wieder bevor! Bald sind Ferien. Wie jedes Jahr wird Laura für eine Woche bei uns sein. Danach könnten wir jedes Mal eine Woche Erholung brauchen. Und an mir hängt fast alles, weil Lore ja in der Zeit arbeitet. Ich finde, sie sollte diesmal Urlaub nehmen, damit die Entnervungen gerecht verteilt werden.

Heute eine interessante Meldung im Wirtschaftsteil der Zeitung. Die Immobilien-Investment und Bauträgerfirma Bredow-Bau-Hamburg meldet Insolvenz an. Professor Dr. h. c. Eckhart Bredow, 78, der Chef und Vorstandsvorsitzende, geht davon aus, dass mindestens vierhundert Arbeitsplätze abgebaut werden müssen. Die Firma hat zur Zeit zwölfhundert Beschäftigte und will staatliche Hilfe beantragen.

Ob es wohl trotzdem fürs Nerzjäckchen und Peter Maffay reicht?

✻

»Gehst du noch weg?«

»Ja, Christa hat doch Geburtstag, Feier in der Weinstube, Lust habe ich keine. Willst du mitkommen?«

»O Gott, nein!«

»Schon gut. Die Frage war rein theoretisch. Stell dir vor, Harry, die Firma Bredow – also Franks Vater – hat Insolvenz angemeldet.«

»Woher weißt du das?«

»Heidi hat's in der Zeitung gelesen.«

»Ich auch.«

»Wie?«

»Ich hab's gestern in der Zeitung gelesen.«

»Und hast es mir nicht gesagt.«

»Ich – ich wollte –«

»Mich schonen?«

»Ja – nein, ich –«

»Ach, bin ich die Bekloppte, die man schonen muss?«

»Ich hätte es dir schon noch erzählt. War doch keine Gelegenheit.«

»Ich hab Gloria darauf angesprochen.«

»Und?«

»Es ist nicht so schlimm, sagt sie.«

»Was heißt das?«

»Es wird in der Presse übertrieben.«

»Sie nagen also nicht am Hungertuch?«

»Gloria sagt – also Frank sagt, dass genug Privatkapital da ist, und –«

»Wo? In Liechtenstein?«

»– und dass man sich keine Sorgen machen muss.«

»Oder auf den Fidschi-Inseln?«

»Warum denkst du immer das Schlechteste über solche Leute?«

»Weil ich täglich Zeitung lese.«

»Es müssen nur ein paar Leute entlassen werden, sagt Gloria.«

»Vierhundert von zwölfhundert – steht in der Zeitung.«

»Ehrlich?«

»Ja. Und: die Firma bittet um staatliche Hilfe.«

»Das machen sie doch jetzt alle. Und wenn die Banken und die Autofirmen und alle Steuergelder bekommen, warum dann nicht auch die?«

»Lore, warum soll mit unseren Steuergeldern das Geschäftsgebaren eines Herrn Bredow senior finanziert werden, wenn der Junior Bredow sagt, dass genügend Privatkapital da ist?«

»Na ja, wegen der Arbeitsplätze.«

»Das sind doch angeblich nur ein paar.«

»Wer weiß, was man Gloria erzählt, um sie zu beruhigen.«

»Lore, erstens sind für diese Leute vierhundert Arbeitslose nur ein paar Arbeitslose und zweitens: Vielleicht ist ja tatsächlich genügend Privatkapital vorhanden – wo auch immer.«

»Die Hochzeit, sagt Gloria, ist jedenfalls nicht gefährdet.«

»Na fein.«

»Sei nicht zynisch, Harry.«

»Ich bin nicht zynisch. Ich bin ganz sachlich. Liebe Lore, schau hin, hör hin und benutze deinen klaren Menschenverstand. Die Liebe zu unserer Tochter hin oder her, das sind nicht unsere Leute. Wir haben mit denen nichts gemein und wollen mit ihnen nichts zu tun haben. Wir gehen in Gottes

Namen zu dieser Hochzeit, versuchen es, uns zu beherrschen, und danach: aus den Augen, aus dem Sinn.«

»Es fällt mir schwer das zu sagen, Harry, aber du hast sicher recht.«

»Man kann sich die Verwandtschaft, die einem zuwächst, nicht aussuchen, leider.«

»Seufz! Ja. Ich muss los.«

»Kannst du den Brief einwerfen, bitte.«

»An Laura? Seit wann schreibst du deiner Enkelin?«

»Ich schicke ihr zweihundertfünfzig Euro.«

»Warum das denn?«

»Zum Geburtstag.«

»Das ist nicht dein Ernst – seit wann denkst du an Geburtstage?«

»Sie hat per Mail das Geld bestellt.«

»Nein?!«

»Doch.«

17 | LORE

Gestern hat der Fahrer der Firma Bredow Laura zu uns gebracht. Ein Fahrer! Mit einem luxuriösen Auto, was immer für eins das war, ich versteh nichts davon, ein Lexus? Ja, das stand, glaube ich, drauf. Und Laura saß hinten und spielte irgendein Computerspiel. Sie hatte zwei schwere Taschen mit, alles voller Spiele, ansonsten ein bisschen Wäsche, Klamotten, und sie ist dick geworden. Ein blasses, dickes, nicht glücklich wirkendes Kind von nun elf Jahren. Sie hat uns gerade mal so lala begrüßt, beim Abendessen hat sie auf dem Teller rumgestochert, wir wollten erzählen, mit ihr etwas spielen, ein bisschen rausgehen – nein, sofort ab in eine Ecke und diese schrecklichen Spiele mit den Piep- und Fiepgeräuschen. Harry war total angefressen, ich hab gesagt, lass doch, Harry, der erste Abend, es ist ein Kind, das wird schon noch. Aber das wird nicht. Heute war es genauso. Ich hab mir extra den Tag freigenommen, obwohl heute eine Lesung ist – Christian Brückner liest ›Herz der Finsternis‹ von Joseph Conrad, hätte ich gern gehört, ich mag den Brückner so, auch persönlich, ein toller Mann, manchmal denke ich – nein, das denke ich nicht wirklich, denn wenn man sie dreißig Jahre zu Hause hat, sind sie alle gleich, oder? Ich hab mir die Lesung extra verkniffen wegen Laura, hab Kartoffelsalat mit Würstchen gemacht, die alte Spielekiste mit Memory, Monopoly und Scrabble rausgeholt – nichts. Harry hat vorgeschlagen, einen Harry-Potter-Film zu gucken – nein, kennt sie schon.

Sie sitzt in der Ecke und futtert Schokolade und fiept mit ihren Dingern. Harry wollte sie in den Garten mitnehmen – Fehlanzeige. Ich bin ratlos. Ich bin ratlos und fassungslos. Es ist unser einziges Enkelkind, wir sollten es lieben – aber ich kriege keine Beziehung zu Laura, und ich habe das Gefühl, dass es das letzte Mal ist, dass sie uns in den Ferien besucht. Die Chemie stimmt einfach nicht, und sie sagt auch: das ist so eng hier bei euch.

Ja klar, sie lebt jetzt in einer Villa. Das können wir nicht bieten. Aber sie ist ein Kind! Ein Kind muss sich doch für die Welt interessieren, für die Großeltern, muss – nein, muss gar nicht. Gloria hat dieses Kind allein großgezogen, verwöhnt, an der langen Leine gelassen, und das merke ich ja auch – fünfmal hat Laura gestern mit ihrem Handy zu Hause angerufen. Mama, hier ist es so langweilig. Mama, ich will nach Hause. Mama, der Opa raucht, das kann ich nicht haben. Mama, die haben nicht mal einen Großbildschirm.

Was soll ich sagen. Was soll ich machen, was kann ich machen? Wenigstens waren wir einmal kurz draußen, ein bisschen spazieren, aber dann kam ein Regenguss, und als ich sie bat, vor der Tür die nassen Schuhe auszuziehen, hat sie mich groß angeguckt, und beim nächsten Telefonat hörte ich: Mama, hier muss man die Schuhe ausziehen, wenn man reinkommt. Ich hab kurz mit Gloria gesprochen, aber was soll man da schon sagen. Geht es gut? Ja, es geht. Ich weiß, sie ist gerade schwierig, hat Gloria gesagt, die sind heute früher in der Pubertät. Vielleicht ist es so. Aber dass sich ein Kind völlig zurückzieht, nur seinen Technikkram mag, draußen nichts sieht, nicht fröhlich ist, schweigend Kartoffelsalat und sechs

Knackwürstchen in sich reinstopft, dann ohne ein Wort vom Tisch aufsteht, rülpst, wieder im Sessel sitzt und fiep fiep macht – ist das normal, ist das heute Pubertät? Wie soll diese Woche bloß rumgehen. Morgen muss ich wieder in die Bibliothek, ich muss und ich will auch. Vielleicht kommt Harry besser mit ihr zurecht. Obwohl er schon Krach mit ihr hat, seit er sie gefragt hat, wem sie da dauernd SMS schickt, bestimmt zwanzig am Tag. Geht dich nichts an, Opa, hat Laura gesagt. Er hat sich nur sehr mühsam beherrscht. Und wenn sie mit dem fetten Buttermesser in den Honig fährt, sehe ich ihn auch jedes Mal fast platzen. Das geht nicht mehr lange gut.

Als er gestern Abend geraucht hat, hat Laura gesagt: Opa, lass das, davon krieg ich Krebs. Nein, hat er gesagt, davon krieg allenfalls ich Krebs, aber du bestimmt nicht. Doch, hat sie gesagt, in der Schule müssen wir immer melden, wenn zu Hause jemand raucht, weil wir dann Krebs kriegen.

Ist das zu glauben? Die Kinder denunzieren. Und die Lehrer hetzen sie auf. Was für eine Welt, in der wir leben. Ich bin richtig froh, dass ich morgen früh abtauchen kann in meine Bibliothek, aber ich bin auch wieder nicht froh, denn normal wäre doch wohl, dass eine Großmutter sich an ihrem Enkelkind freut, oder? Ach. Ich bin keine richtige Großmutter. Ich war wahrscheinlich nicht mal eine richtige Mutter. Was ist normal, was ist richtig? Die Wahrheit ist bitter: ich komm weder mit meiner Tochter noch mit meiner Enkelin zurecht. Liegt es an mir?

*

»Wie war es heute mit Laura, Harry?«

»Frag lieber nicht.«

»Das hört sich nicht gut an. Wo ist sie?«

»In der Badewanne. Im Bad. Seit einer Stunde. Haare waschen, föhnen, was weiß ich.«

»Habt ihr euch gestritten?«

»Ja. Nein. Doch.«

»Worüber?«

»Nicht mal das kann ich dir genau sagen. Du kennst es doch. Entweder Computerspiele, Gameboy, Handy oder futtern. Wenn ich sage, iss doch mal einen Apfel statt Schokolade – blöde Blicke. Sie hat die ganze Tasche voller Schokolade. Gloria gibt ihr so was mit.«

»Was habt ihr denn gemacht den ganzen Tag?«

»Was sollen wir schon machen? Ich hab gekocht, wir haben gegessen, es hat ihr nicht geschmeckt. Dann wollte sie fernsehen, irgendeine Serie, das hab ich nicht erlaubt, und sie hat sofort Gloria angerufen: der Opa lässt mich nicht fernsehen.«

»Hast du mit Gloria geredet?«

»Ja.«

»Und?«

»Was schon. Lass das Kind fernsehen, was soll es denn sonst bei euch alten Leuten tun.«

»Das hat Gloria gesagt?«

»Das hat sie gesagt.«

»Was für eine Unverschämtheit.«

»Warum schickt sie sie denn dann her? Am liebsten hätte ich gesagt, schick deinen Chauffeur, er soll sie wieder abholen.

92

Aber verdammt noch mal, wir können doch vor einem Kind nicht derart kapitulieren.«

»Sie war ja früher nicht so. Aber dieser Wechsel von einer Zweizimmerwohnung mit berufstätiger Mutter in eine Villa mit Chauffeur ... das ist wohl auch schwer zu verkraften für ein Kind in dem Alter. Sie ist verwirrt.«

»Das will ich alles glauben. Aber ich weiß einfach nicht, was ich mit ihr anfangen soll. Sie liest nicht, sie mag nicht reden, sie will nicht raus, warum tu ich mir das eine ganze Woche lang an? Ede sagt, lass sie doch einfach, unternimm gar nichts, fordere nichts, schlag nichts vor, dann ist sie glücklich und du hast deine Ruhe. Wahrscheinlich hat Ede recht.«

»Nein, hat er nicht. Man muss dem Kind auch helfen, wenn es auf einem Irrweg ist.«

»Na, dann mach du ihr den Irrweg mal klar. Ich geh jetzt um den Block, eine rauchen, hier darf ich ja nicht.«

18 | HARRY

Irrweg, dass ich nicht lache! Es war ein Ausnahmezustand.
Wir waren ja gespannt, wie sich die Kleine seit dem letzten
Jahr verändert hat, zumal sie ja nun schon über ein halbes
Jahr in der neuen Umgebung lebt, mit dem »neuen Vater«
Frank. Sie war immer das, was man ein schwieriges Kind
nennt. Von der Mutter allein erzogen, ohne Vater, auch ohne
irgendeine Vorstellung von ihm, da er nicht existiert. Aus allein erzogen machte ich allein verzogen, was Lore aber ungerecht fand. Laura war völlig auf Gloria fixiert und man
musste den Verdacht haben, dass da die Mutter das Kind mit
der eigenen Unfähigkeit, das Leben zu meistern, überfor-
derte. Heidi, die das Kind bei uns erlebte, definierte das einmal
ganz klar. Sie nannte es eine krankhaft-symbiotische Mutter-
Tochter-Beziehung, die einem Kind nur schaden kann. Laura
war launisch, altklug, frech, manchmal über ihr Alter hinaus
klug und dann wieder wie ein Kleinkind, jammerig und weh-
leidig. Die Sehnsucht nach der Mutter – oder die Abhängig-
keit von, oder sagen wir die Anhänglichkeit an die Mutter,
zeigte sich in den zahllosen Telefonaten mit ihr.
Wir kamen letztes Jahr mit Gloria überein, dass sie das von
unserem Telefon aus tun konnte, wenn es denn schon sein
musste, dass das Handy aber für die Woche eingezogen wurde.
Einsichtig war da weder Mutter noch Tochter. Lore und ich
haben das aber durchgesetzt, denn die ständigen Hilferufe an
die Mutter, wenn wir einmal etwas streng waren, waren uns
zuwider.

War das Kind im letzten Jahr anstrengend, dann war es jetzt unausstehlich. Lore macht sich gar keinen Begriff davon. Sie hat sich ja grade mal einen Tag freigenommen. Diese Kinder sind Tyrannen!

Was immer man so einem Kind sagt, es kommt ständig Widerspruch. Aber, aber, aber, so ging das den ganzen Tag. Aber du hast auch. Aber ich will. Aber, aber, aber. Sie muss sich ausprobieren, sagt mir Gloria am Telefon, sie muss die Grenzen ausloten. Wo soll sie das tun, wenn nicht bei uns, bei euch, bei den Menschen, deren Liebe sie sich sicher sein kann. Was glaubst du, was Frank anfangs mitgemacht hat! Ich hab Gloria klargemacht, dass mir das egal ist, dass ich in Zukunft nicht mehr gewillt bin, mich um ein unerzogenes oder verzogenes Kind zu kümmern. Und ich habe ihr gesagt, wenn wir dem Kind nicht mehr sagen dürfen, wie es sich hier zu benehmen hat, soll sie es abholen. Noch sind wir die Erwachsenen. Noch sagen wir, was das Kind darf und was nicht. Basta. So entschieden habe ich noch nie mit meiner Tochter gesprochen. Aber es nutzt ja nichts. Da kommt sofort diese unausgegorene, verquirlte, pädagogische Scheiße, die man aus zig Fernsehdiskussionen kennt. Ich hab Gloria tüchtig die Meinung gesagt. Leider hörte Laura das Gespräch mit, zumindest das, was ich sagte. Lächelnd saß sie da und sagte danach: Siehst du, Opa, meine Mama findet dich auch scheiße.

Ich hätte sie ohrfeigen können.

Seit Laura im Dunstkreis dieser Fabrikantenfamilie lebt und anscheinend alles mit Geld geregelt wird, ist sie unerträglich. Unglaublich, wie schnell ein Kind eine solche Umgebung annimmt. Mit der Mutter scheint es allerdings nicht anders zu sein. So resistent gegen jede Art von Kritik war Gloria noch nie. Mit dieser neuen Existenz scheint sie einen Absolutheitsanspruch zementiert zu haben. Was sie macht und denkt, ist richtig. Der Wohlstand scheint sie dazu zu legitimieren.

✳

»Nie mehr, Lore, nie mehr!«

»Versprochen.«

»Ist das denn zu fassen!?«

»Nein, ist es nicht.«

»Glaubst du, die Kinder sind heute alle so?«

»Glaub ich nicht. Ich meine, die Kolleginnen, die Kinder haben, die erzählen schon die groteskesten Sachen. Aber so was, nein.«

»Gloria sagt, sie pubertiert eben. Aber doch nicht mit elf!«

»Doch, das ist heute so. Friederikes Tochter ist zehneinhalb, und sie pubertiert.«

»Und ist sie auch so drauf wie Laura?«

»Nein. Friederike sagt, dass die Kleine ab und zu so patzige Schübe bekommt. Dann wird sie frech, legt sich mit der Mutter an. Kurz drauf fängt sie sich, entschuldigt sich und ist wieder lieb.«

»Davon kann bei Laura keine Rede sein.«

»Gloria macht irgendwas falsch.«

»Womit, liebe Lore, wieder einmal bewiesen wäre, dass unsere Tochter in jeder Hinsicht eine Versagerin ist. Übrigens: Sie haben drei Fernseher. Einen im Wohnzimmer, einen hat Laura in ihrem Zimmer und einen haben Frank und Mama in ihrem Schlafzimmer.«

»Meinetwegen.«

»Im Schlafzimmer, sagt Laura, gucken Mama und Frank immer Filme ab achtzehn.«

»Ist doch gut, wenn das Kind nicht alles sieht.«

»Sei doch nicht so naiv, Lore. Und frag jetzt nicht wieder, was wir falsch gemacht haben.«

»Ich meine, Gloria war auch schwierig —«

»Und wir hatten Ideale von antiautoritärer Erziehung.«

»Das hat aber doch nicht bedeutet, dass die Kinder die Eltern erzogen haben.«

»Natürlich nicht. Wo sind wir denn, wenn die Kinder uns das Rauchen vorhalten.«

»Das kommt davon, wenn die Erzieher die Kinder als gleichwertige Partner behandeln.«

»Klassenlehrer Jörg.«

»Bitte?«

»Jörg hat dies gesagt, Jörg hat das gesagt, wer ist Jörg? hab ich gefragt. Der Klassenlehrer. Jörg! Kumpel Jörg. Da ist doch jede Autorität im Arsch.«

»Und die Kinder haben keinen Respekt mehr vor den Erwachsenen, und sie versuchen, sie fertigzumachen. Keine Erziehung — nur noch Kampf.«

»Und meistens gewinnen die Kinder.«

»Christas Nichte ist elf. Die fragte Christa neulich, Tante, weißt du, was Pubertät ist? Ja, natürlich weiß ich das, sagt Christa. Ich auch, sagt das Kind. Na was denn? Pubertät ist die Zeit, in der die Eltern echt scheiße werden.«

»Wenn die Eltern schon scheiße werden, was werden denn dann die Großeltern?«

19 | LORE

Mutter ist tot.

Am frühen Morgen kam der Anruf. Sie ist eingeschlafen, heute Nacht. Ganz allein. Und ich sitze hier und kann nicht weinen und denke: wie ist das, nach so viel Jahren allein in einem Zimmer, künstlich ernährt, nicht bei Bewusstsein, und dann einschlafen, den letzten Atemzug tun, weiß man, dass es der letzte ist? Kommt noch ein Erkennen, für einen Moment? Hatte sie Angst, hat man Angst? Hätte sie gern einen Menschen neben sich gehabt, hat sie vielleicht gerufen?

Es ist eine Erlösung, ja. Ein Leben war das nicht mehr. Trotzdem. Das endgültige Aus ist immer etwas ganz Großes, Unfassbares. Wo ist sie jetzt? Ich bin nun niemandes Kind mehr. Niemand mehr da, der mich kennt, wie ich als kleines Mädchen war ... Doch, Theo. Mein Bruder, mit dem mich nichts mehr verbindet, jetzt schon gar nichts mehr. Ich werde ihn auf der Beerdigung sehen, in Leipzig wohl hoffentlich nicht, und dann nie wieder. Blutsbande sind nicht das, was man behauptet. Harry – das ist trotz allem der mir nächste Mensch. Ja, Gloria. Natürlich. Und trotzdem. Ich verstehe so vieles an ihr nicht. Ob sie zur Beerdigung kommt, jetzt, ein paar Wochen vor ihrer Hochzeit? Diesen Frank bringt sie ja wohl nicht mit, er hat Mutter gar nicht gekannt. Und Laura – kaum weg, schon kommt sie wieder. So ein trauriger Anlass. Laura war nicht mal mit im Heim, als sie hier war, sie wollte nicht: Die Uroma erkennt mich ja doch nicht.

Bin ich traurig? Ich bin – leer. Ich denke plötzlich nur noch Gutes über Leni, alles Böse ist wie weggeblasen, nicht mehr wichtig. Sie war ein Mensch, sie hat geliebt, zwei Kinder bekommen, großgezogen, ihren Mann verloren, sie hat einen furchtbaren Krieg überlebt, weitergemacht, sie hatte Kraft, Witz, sie hat Wohnungen eingerichtet, Bilder aufgehängt, mir Bücher gekauft, sie hat genäht, gebügelt, gelacht, geweint, alles vorbei. Alles umsonst. All das füllt unser Leben aus, und letztlich, wozu? Was bleibt?

Was bleibt. Ja. Ich sollte anders leben. Ich sollte aufhören mit meiner Arbeit, mir nichts mehr vormachen, mit Harry sein, noch etwas mit ihm zusammen tun, was uns beiden Freude macht. Wir haben doch jetzt gar keine Verpflichtungen mehr. Gloria ist versorgt, Laura auch, Mutter ist tot, die Rente ist gut, es gibt nur noch uns zwei.

Ich hör auf. Ich kündige in der Bibliothek.

Aber alles der Reihe nach. Erst Mutter. Beerdigung, Auflösung aller Verträge, Organisation, Grab schön machen, dann Hochzeit in Leipzig, dann noch bis Weihnachten weiterarbeiten und zum neuen Jahr ist Schluss. Neues Jahr, neues Leben. Ich sag es Harry nach der Beerdigung. Es wird ihn freuen.

Wie wird die Beerdigung, was machen wir? Mutter wollte verbrannt werden. Und ja kein Kirchengedöns, hat sie immer gesagt, bloß nichts Frommes. Harry wird reden. Ich kann das nicht. Ich tu immer so, als könnte ich alles und wüsste alles besser, aber das stimmt gar nicht. Ich zwinge mich, ich verlange mir das ab, ich quäle mich durch, auch wenn ich die Dichter vorstelle in der Bibliothek. Ich kann es, weil ich es muss. Harry tut so trottelig und ist dann ganz souverän, wenn es darum geht, eine Rede zu halten. Er stellt sich hin, nüchtern, trocken, ohne Emotionen, macht es einfach und es ist gut. Harry soll reden auf der Beerdigung.

Da liegt sie jetzt in ihrem Bett. So klein. Eine Hülle, die einmal ein Mensch war. Die Seele, sagt man, wiegt 21 Gramm. Es ist die Luft, die letzte Atemluft, die dem Körper entweicht. 21 Gramm Seele.

Mama, ich weine um dich. Nun doch.

✿

»Ich bin zugleich traurig und erleichtert, Harry, verstehst du das?«

»Und wie. Mir geht es genauso.«

»Ich bin froh, dass sie es hinter sich hat . . .«

»Wir auch. Wir haben es auch hinter uns. Das war doch eine jahrelange Quälerei für uns alle.«

». . . und traurig über all die verpassten Gelegenheiten.«

»Ihr habt nichts verpasst. Ihr hattet immer Kontakt, heftig oder freundlich, aber ihr habt euer Leben miteinander gehabt. Mutter und Tochter.«

»Das stimmt, mehr als ich und Gloria.«

»Leni hat Gloria oft Geld zugesteckt, weißt du das eigentlich?«

»Natürlich. Sie hat es mir immer irgendwann erzählt. Triumphierend. Ihr kommt ja nicht klar mit dem Kind, aber ich – so in diesem Ton.«

»Und jetzt heiratet Gloria, und Leni kriegt das alles nicht mehr mit.«

»Wirst du eine deiner berühmten Reden halten?«

»Muss ich wohl, wer sonst. Aber es ist deine Mutter, willst du nicht?«

»Nein, bloß nicht. Ich weine dann bloß.«

»Wenn diese Beerdigung vorbei ist, tu ich das, was ich seit Jahren schon tun wollte.«

»Und das wäre?«

»Ich hole weit aus und hau deinem Bruder Theo so richtig eins in die Fresse.«

»Das wirst du nicht tun.«

»Da sei dir mal nicht so sicher.«

»Es wird ein friedliches Essen geben hinterher, und dann sehen wir ihn nie wieder.«

»Vorher eins in die Fresse.«

»Er ist Glorias Patenonkel.«

»Gloria ist Ende dreißig, die braucht keinen Patenonkel mehr, aber der braucht mal eine Lektion. Ich freu mich direkt drauf.«

»Was hätte Mutter dazu gesagt, auf ihrer Beerdigung.«

»Sie hätte gesagt, gut so, Harry, das hätte schon längst geschehen müssen.«

»Sie fehlt mir.«

»Sie fehlt dir? Sie war seit acht Jahren nicht mehr da.«

»Jetzt ist es für immer. Ein Loch. In unserm Leben, in meinem Herzen. Die blauen Augen sind zu, bisher hat sie mich aus weiter Ferne doch noch angeschaut. Ich bin traurig, Harry.«

»Komm mal her zu mir. So. Wir beide, wir trinken jetzt am hellen Tag eine schöne Flasche Champagner zusammen, zum Beruhigen, zum Erinnern, auf Leni. Wir hören Musik dazu, komm, leg was auf, und dann kippen wir uns einen, das würde Leni gefallen.«

»O ja, das machen wir, aber weißt du was, Harry?«

»Na?«

»ALDI-Champagner, unbedingt ALDI-Champagner. Nur den hat sie geliebt.«

»ALDI-Champagner auf Leni. Und spiel was von Verdi. Der war doch ihr ein und alles. Ich hol die Flasche, du legst Musik auf.«

»Rigoletto, holder Name, dessen Klang tief mir in die Seele drang. Gilda.«

»Sie war bei aller Schroffheit romantisch.«

»Ja, tief drin. Versteckt. Mein Vater hat sie so verletzt. So betrogen. Das hat sie bitter und hart gemacht. Auch Theo gegenüber. Er war ihm zu ähnlich.«

»Weißt du noch, fünfzehn Jahre nach der Scheidung, auf seiner Beerdigung, da kam ein Strauß mit hundert roten Rosen, ohne Namen. Niemand wusste und weiß bis heute, von wem. Das war von ihr, ich wette. Sie hat ihn immer geliebt.«

»Hast du damals schon vermutet. Ich kann's nicht glauben. Mutter und Liebe und rote Rosen … Und sie war doch auch so — sparsam — nein: geizig. Aber vielleicht hast du recht.«

»Ich hab recht. Wir legen ihr auch hundert rote Rosen aufs Grab. Was denkst du, keinen Kranz, hundert rote Rosen.«

»Nein, weiße. Hundert weiße. Es ist ja keine Liebesgeschichte.«

»Ich hab sie geliebt, deine störrische Mutter.«

»Ich sie auch. Aber ich habe es ihr in unserm ganzen Leben kein einziges Mal gesagt.«

»Sag's ihr jetzt, sie hört es. Ich hol den Schampus.«

20 | HARRY

Familie senkt selbst ab, hat der uniformierte Angestellte des Bestattungsinstitutes gesagt, als ich bat, selbst die Urne in das Erdloch hinunterlassen zu dürfen. Wir mussten lachen, Lore, Ede, Heidi und ich. Rita, Theo und eine Krankenschwester, die sich die letzten Jahre rührend um meine Schwiegermutter gekümmert hat, straften uns mit bösen Blicken. Gloria und Laura standen so unbeteiligt da, als würden sie gar nicht zu uns gehören. Die Kleine wusste ja nichts von ihrer Urgroßmutter, hat sie kaum je lebend gesehen. Ob Gloria jemals im Krankenhaus war? Ja, ein- bis zweimal, höchstens. Wir waren eine kleine Runde am Grab. Wie Leni es wollte. Ich hatte lange darüber nachgedacht, was ich für eine Rede halten sollte. Ich hielt sie für Lore, ausschließlich für sie. Leni ist ja für uns beide schon vor Jahren gestorben. Lore hatte viel Zeit, Abschied zu nehmen, dort am Bett sitzend, verzweifelt sehr oft, ich weiß. Was sollte ich sagen? Ich hatte keine Ahnung, hab auch nichts vorbereitet. Als ich Theo und Rita verheult und schluchzend da stehen sah, kriegte ich Wut. Die haben eine verlogene Rolle gespielt, um die noch lebende Leni hatten sie sich nie gekümmert. Und jetzt standen sie da und taten so, als hätten sie den ihnen allernächsten Menschen verloren. Was ihr jetzt wollt, dachte ich mir, das bekommt ihr nicht. Ich gebe hier nicht einen der Pfaffen, gegen die Leni ihr Leben lang geredet hatte. Nein, ich hielt eine lustige Rede. Ich erzählte Leni-Anekdoten und packte ihre fertigen Sätze hinein: Ich bin ein Mensch von einem Tag; heute noch auf stolzen Rossen, morgen durch die Brust geschossen; und so weiter. Ich erzählte von Lenis Reise in einem Bus – ›mit dem Klobus um den Globus‹, wie sie sagte – durch Europa und ihr Erstaunen, dass in Lyon ein etwa vierjähriges Mädchen fließend französisch gesprochen hatte. Ja und, hatte Lore damals gesagt, das war eben ein französisches Mädchen. Egal, du konntest das in dem Alter jedenfalls nicht, hatte Leni geantwortet. Schon spürte ich wieder die strafenden Blicke von Theo und Rita. Das hat mich beflügelt, und ich legte immer noch nach. Ich erzählte, wie Leni mal Englisch lernen wollte und partout nicht glauben wollte, was Lore ihr beizubringen versucht hatte, dass man nämlich going mit o spricht und doing mit u. So ein Quatsch, sagte sie und vermutete, dass ihre Tochter gar kein Englisch kann. Und ich erzählte von meinen ALDI-Besuchen mit Leni und von ihrem Ladendiebstahl und ich pries sie als eine tapfere Frau, die das Herz am richtigen Fleck hatte. Ich sagte, am linken, richtigen Fleck, was Theo sichtlich missfiel.

Die Krankenschwester, eine Hobby-Sängerin, sang noch ziemlich scheußlich ein Lied, ›Es war, als hätt' der Himmel die Erde still geküsst‹. Sie hat die hohen Töne nur mit Mühe getroffen. Dann gingen wir zum Essen zu Theos Lieblingsitaliener, wie er ihn nannte und zu dem er uns, wie er sagte, einlud.

Es war furchtbar, und ich beschloss danach, mit diesem Schwager für den Rest meines beziehungsweise seines Lebens nichts mehr zu tun haben zu wollen. Theo spielte von seiner Frau unterstützt weiter die Rolle des Trauernden. Er weinte, sprach von einem unersetzlichen Verlust, von der aufrichtig großen Liebe, die er zu seiner Mutter gehabt habe, und dann offenbarte er, dass er der Nächste sein werde, den wir zu Grabe zu tragen hätten, denn er wisse es schon seit drei Monaten, er habe Prostatakrebs. Er ersparte uns nicht die Details, er sprach von Inkontinenz, von einer Pipeline, die man ihm zu legen gedenke, von Windeln, die er künftig zu tragen hätte, und von der selbstverständlichen Impotenz, mit der er und Rita nun leben müssten, was bei dem aktiven Liebesleben, das sie beide gehabt hätten, eine besonders harte Strafe des Schicksals sei. Lügner, der du bist, dachte ich mir, du kriegst doch bei dieser allseits gelifteten Schrapnell von Gattin schon längst keinen mehr hoch.

Gloria und das Kind, das sich furchtbar langweilte, verabschiedeten sich. Man sehe sich ja bald zu schönerem Anlass, bei der Hochzeit. Ede hatte sich schon vor dem Essen mit Heidi verabschiedet, und wir saßen nun mit Theo, Rita und der Krankenschwester zusammen. Fast wäre es noch lustig geworden, weil die Krankenschwester, leicht beschwipst, für die hocherfreuten Italiener Arien zu singen begann. Doch das wollte Theo nicht dulden, und er erzählte erneut von seiner Krankheit. Endlich gingen sie, und ich saß mit Lore noch eine Weile allein dort. Als wir gehen wollten, stellte sich heraus, dass Theo nicht bezahlt hatte, von wegen Einladung. Ich verwies darauf, dass Theo das wohl nachholen würde, er sei ja wohl Stammgast. Das schon, sagte der Italiener, aber Kredit habe der bei ihm nicht mehr, der nicht. Also musste ich wohl oder übel zahlen. Das Geld sehe ich nie wieder.

Lore und ich gingen nach Hause, setzten uns auf die Terrasse und machten Leni zu Ehren noch eine Flasche ALDI-Champagner auf.

*

»Prost auf deine Mutter!«

»Ja, prost auf sie. Endlich hat sie ihren Frieden.«

»Theo!«

»Gott, ja. Danke, dass du ihm nicht in die Fresse gehauen hast.«

»›Ich lade euch zu meinem Lieblingsitaliener ein.‹«

»Das Geld siehst du nie wieder.«

»Natürlich nicht.«

»Ekelhaft! Wie kann jemand so mit seiner Krankheit hausieren gehen? Sag mir das.«

»Ich verstehe es nicht.«

»Klar ist es tragisch, aber —«

»Weißt du was, ich glaube das alles gar nicht. Er macht sich interessant, wie er es immer getan hat. Vielleicht hat er ein Wehwehchen beim Wasserlassen – aber jetzt plötzlich Krebs und Pipeline und Windeln?«

»Hör auf, bitte, nicht noch mal das alles!«

»Verzeih, er ist dein Bruder, aber er ist ein Arschloch.«

»Bruder oder nicht. Mich verbindet nichts mit dem. Schon als Kinder gingen wir eigene Wege, hatten keine gemeinsamen Interessen.«

»Und ich hab mir immer einen Bruder oder eine Schwester gewünscht. Obwohl ich heute sehe, wie selten es ist, dass sich Geschwister verstehen.«

»Mir stehen doch Freunde – Heidi zum Beispiel – viel näher als dieser Bruder.«

»Ja, Lore, jetzt sind wir nicht nur Vollwaisen, sondern auch familienlos.«

»Wir haben Gloria und das Kind.«

»Die sind mir auch sehr fremd, wie ich heute wieder gemerkt habe.«

»Gloria ist sehr angespannt wegen der Hochzeitsvorbereitungen.«

»Die Hochzeit ist in zwei Monaten!«

»Trotzdem.«

»Mein Gott, dann sollen sie aufs Standesamt gehen, heiraten und fertig.«

»Das wäre für ihn nicht standesgemäß.«

»Lore! Wie kannst du so was sagen. Was für ein Stand sind sie?«

»Du weißt doch, was ich meine.«

»Pleitiers sind sie. Demnächst vielleicht verarmt, Opfer der Krise – und ihres Hochmuts.«

»Mal den Teufel nicht an die Wand.«

»Der ist schon an der Wand. Natürlich will ich für Gloria alles Gute und Schöne, aber solchen Leuten gönne ich es auch, dass sie mal aus dem Blechnapf fressen müssen.«

»Das wird nicht passieren.«

»Klar, die haben immer noch irgendwo Kohle gebunkert.«

»Harry, tu mir den Gefallen und schieß dich nicht auf sie ein. Noch kennst du Frank doch gar nicht.«

»Ich werde ihn mir sehr genau ansehen.«

»Das heißt, ich muss dich nicht mehr täglich fragen, ob du mitfährst?«

»Nein, musst du nicht.«

»Prost darauf.«

»Nein, prost auf Leni.«

»Die sitzt jetzt schon zu Füßen Gottes – wenn Gott Füße hat – und sagt ihm, was er alles falsch macht.«

»Recht hat sie.«

»Und da hat sie viel zu tun.«

»›Zu Füßen Gottes – wenn Gott Füße hat‹, das hast du schön gesagt.«

»Das ist aus einem Gedicht von Reiner Kunze. ›Zu Füßen Gottes – wenn Gott Füße hat – zu Füßen Gottes sitzt Bach, nicht der Magistrat von Leipzig.‹«

21 | LORE

Ich bin in einer ganz merkwürdigen Stimmung, immer noch. Erleichtert und tieftraurig zugleich. Erleichtert, dass sie es hinter sich hat, traurig, weil in mir irgendwo ein richtiges Loch ist. Da war mal was, und jetzt ist es weg. Ein Teil von mir. Das klingt ziemlich theatralisch, aber es ist so. Wir sind, wir waren doch mal eine Familie, und Stück für Stück ist weg. Theo ist jetzt ganz weg, aber das schmerzt mich überhaupt nicht. Was für ein Theater auf der Beerdigung, ich will gar nicht mehr dran denken, Schluss, aus. Vorbei. Ich muss positiv denken. Ich muss durch diesen Sommer kommen, ich muss die Hochzeit überstehen, dann geht das Jahr zu Ende, und dann ...

Was für idiotische Gedanken. Ich muss durch diesen Sommer kommen. Der Sommer ist das Schönste im ganzen Jahr, alles blüht, die Luft ist warm und weich, ich kann meine schönen alten Kleider tragen, ohne Strümpfe gehen, was gibt's denn da zu überstehen? Ach ja. Der Sommer. Das ist immer die Zeit, wo ich Harry kaum sehe. Einerseits ganz schön, er geht mir manchmal schon enorm auf die Nerven. Andererseits, er geht morgens schon in seinen Garten, in diesen unglaublichen Schlabberhosen, mit Gummischuhen, so ein saublödes Käppi auf dem Kopf, und dann hockt er in den Beeten und zupft und kratzt und pflanzt den lieben langen Tag, und ich frage mich, was das eigentlich alles soll. So viel verdammte Schufterei und Arbeit für ein paar Blümchen, die wir auch kaufen könnten. Der Giersch kommt eh jedes Jahr wieder, den kann er noch so mühsam rausreißen. Die Rittersporne sind schön, ja, leuchtend blau, aber dauernd fressen die Schnecken alles ab, dann streut er Schneckenkorn, dann muss das alles hoch- und festgebunden werden, was für eine elende Pritzelei. Dann noch ein Gartenhäuschen und noch eins, eins für Pflanzen, die nicht draußen überwintern dürfen, eins für Gartengeräte, alles steht voll mit dem Zeug, und jetzt brauchte er auch noch einen Hochdruckstrahler. Früher haben wir mit Spachteln das Moos aus den Ritzen der Platten gekratzt, keine schöne Arbeit, zugegeben, aber musste ja sein, damit es nicht zu glitschig wurde. Jetzt hat er einen Hochdruckstrahler und reinigt Gartenplatten, Gartenmöbel, Gartenhäuschen mit Begeisterung, bis alles so spießig aussieht wie — wie. Ja, wie? Eigentlich sieht es gut aus, atmet wieder. Aber Hochdruckreiniger! Früher haben wir über Leute gelästert, die so was hatten. Ich warte, wann er einen Laubbläser anschafft, darauf warte ich wirklich. Wenn der ins Haus kommt, lasse ich mich auf meine alten Tage noch scheiden. Laubbläser. Sonst noch was.

Ich sitze und sehe, wie er sich abmüht, und blättere dabei die neuen Bücher durch. So viel Mist! Es wird viel zu viel Quatsch geschrieben, wer soll das alles lesen? Noch ein Vampirroman und noch einer und noch ein Tintenherz und Tintenblut und Tintentod, das geht immer alles gleich in Serie und verstopft Regale und Köpfe. Ich kann das nicht lesen. Ich will das auch nicht lesen, aber ich sehe ja in der Bibliothek, wie sehr gerade das ausgeliehen wird. Die Leute brauchen Träume, Kunstwelten, die halten die Realität mit all den Krisen und Ängsten nicht aus. Viele Romane handeln auch von dieser Realität, vom Armwerden, vom Altwerden, die will dann keiner lesen, die liegen uns wie Blei in den Regalen. Aber Eckart von Hirschhausen, das lesen sie.

Mir macht mein Beruf keinen Spaß mehr. Die Bücher sind nicht mehr, was sie mal waren. Harry sagt, die Bücher sind sowieso bald ganz verschwunden. Na bravo. Verblöden wir eben noch mehr. Wer liest denn im Internet oder am E-Book? Ich glaube, ich werde alt. Ich will diesen Kram nicht. Früher wollten unsere Eltern keine Plattenspieler in unserm Zimmer, jetzt will ich kein Internet. Die Zeit geht aber weiter, aufhalten lässt es sich nicht.

Ich möchte ein ganz anderes Leben. Noch mal neu. Klüger angepackt. Studieren, reisen, nicht so schnell heiraten, lieber kein Kind. Ich hab das Gefühl, ich sitz auf einem Berg von Trümmern und rutsche ganz langsam ab, bis der Schutt mich begräbt. Ich muss mich zusammennehmen. Das geht so nicht weiter.

✳

»Harry, Heidi lässt fragen, ob sie sich deinen Hochdruckstrahler mal ausleihen kann.«

»Wofür das denn?«

»Sie hat gesehen, wie schön unsere Gartenmöbel wieder aussehen, das will sie auch machen.«

»Muss ich ihr ja wohl machen. Die kann doch damit bestimmt gar nicht umgehen!«

»Was soll das denn wieder heißen, Frauen sind zu blöd, einen simplen Hochdruckstrahler zu bedienen? Ich werd ja wohl nicht mehr.«

»Ach hör doch auf, Lore, ich kenn das doch, ist doch immer dasselbe, Heidi kauft sich ein Regal zum Zusammenbauen, und dann passt irgendwas nicht und, wer muss hin? Immer ich. Und mit dem Hochdruckstrahler wird es dasselbe sein, dann weiß sie nicht, wo man das Wasser reintut oder wie man die Stärke einstellt, und dann bin ich wieder dran. Ich hab dazu aber keine Lust.«

»Vielen Dank für deine überwältigende Freundlichkeit.«

»Ist doch so. Haben wir noch Bier?«

»Wenn du noch nicht alles weggesoffen hast, haben wir noch Bier.«

»Herrgottnochmal, spar dir doch deine ewigen schnippischen Bemerkungen.«

»Dann frag mich nicht. Ich trink doch kein Bier, du trinkst das Bier, da wirst du doch wohl wissen, ob noch was da ist.«

»Musst du nicht in deine Bibliothek? Kannst du deine Laune nicht da austoben?«

»Ich gehe gleich. Ich mache heute nur den halben Tag, aber sei beruhigt, gleich bin ich weg.«

»Ich fahr dich hin, ich brauch den Wagen. Ich will noch mal zu dieser Gärtnerei in Wuppertal.«

»Wieso das denn, hier gibt es doch genug Gärtnereien.«

»Die haben die besten Stauden.«

»Du immer mit deinen Stauden, die machen so viel Arbeit, blühen nur kurz, sind durch wer weiß was alles gefährdet, Regen, Wind, Schnecken, und du kriechst da rum wie ein Waldschrat und arbeitest dich ab für nix. Mach doch Büsche.«

»Büsche.«

»Büsche, Rhododendron, Jasmin, so was.«

»Lore, lass mich einfach den Garten machen und mach du deine Bücher, okay?«

»Mach doch, was du willst, aber jammer nicht immer, dass dir der Rücken weh tut.«

»Erstens jammer ich nicht immer, und zweitens ist es ja wohl normal, dass einem mit Mitte sechzig der Rücken bei der Gartenarbeit weh tut. Du klagst ja auch, dass du beim Lesen immer dickere Brillen brauchst.«

»Das ist doch was anderes.«

»Ja klar, das ist immer was anderes. Also, wann musst du los?«

»Jetzt gleich.«

»Gut, wir können.«

»Du willst doch nicht in diesen Klamotten fahren?«

»Wieso das denn nun nicht?«

»Diese Schlabberhosen, diese Gummischuhe und dieses verdreckte Hemd?«

»Lore, ich geh ja nicht in die Oper, ich fahr in eine Gärtnerei, in eine Baumschule und such mir Pflanzen aus.«

»Und wenn dich jemand so sieht, an der Bibliothek?«

»Ich setz dich gern eine Ecke früher ab.«

»Und wenn dir was passiert, ein Unfall, dann ...«

»Glaubst du wirklich, wenn mir was passiert, guckt jemand darauf, was ich anhabe?«

»Mir wäre es peinlich.«

»Du siehst ja tipptopp aus.«

»Nein, mir wäre es peinlich, dich im Krankenhaus zu besuchen, wenn du da ...«

»Ach, das wäre dir peinlich, anstatt dass du froh wärst, wenn ich überhaupt noch lebe?«

»Es hat keinen Sinn mit dir. Fahren wir. Bist du am Abend zurück?«

»Falls ich nicht im Krankenhaus lande, ja.«

22 | HARRY

So ist das immer mit Lore. Da wird wer weiß wie über alles gelästert, wenn andere es aber interessant finden, dann bläht sie sich auf. Was hat sie über die Anschaffung dieses Hochdruckreinigers gelästert. Und jetzt ist sie glücklich, dass es vor dem Haus so adrett aussieht, und empfiehlt ihren Freundinnen das Gerät. Typisch Lore. Einerseits liebt sie Ordnung über alles, andererseits hat sie unbändige Angst davor, spiessig zu sein oder alte Werte aus unseren jungen Jahren zu verraten. Die Ordnungswut hat sie von ihrer Mutter. Die hielt es mit ›außen hui, innen pfui‹. Einmal, als sie umzog und wir alles organisierten, hat sie die scheußlichen Flecken auf dem Küchentisch beklagt, die uns wegen der immer daraufliegenden Wachstuchdecke nie aufgefallen waren. Sie fragte mich, was man da machen könnte, dass das nicht so schäbig aussieht. Schäbig – sie sprach es mit zwei b und ch wie schäbbich – war eines ihrer Lieblingswörter. Ich schlug ihr vor, die Platte abzuschleifen und neu zu streichen, aber sinnvoll sei das erst nach dem Umzug, also in der neuen Wohnung. Dann sei es ja nicht mehr nötig, so Leni, weil ja die Tischdecke wieder draufkäme. Ich verstand erst nach einiger Zeit, dass es nur darum ging, dass die Hausbewohner sich während des Umzugs über den ›schäbbichen‹ Tisch mokieren könnten. Lore ist natürlich nicht wie Leni. Aber ihre Ambivalenz gegenüber den Dingen bestimmt auch ihr Verhältnis zum Garten, den sie ›unseren‹ nennt, wenn sie stolz auf ihn ist, und

›meinen‹, wenn sie kritisiert oder lästert. ›Du mit deinem Garten!‹

Wir haben alle Phasen und Diskussionen um diesen Garten durch. Von Lores Vorschlag, doch einfach alles verwildern zu lassen, bis zu meiner Drohung, alles zu betonieren. Als wir vor dreißig Jahren das Haus kauften, war der Garten eine große Wiese mit einer Ligusterhecke drum herum. Es blühte außer Löwenzahn nichts, und unter der Hecke hatte sich der Giersch breitgemacht. Die Wiese war kein gepflegter Rasen, denn die drei Hunde des Vorbesitzers hatten ganze Arbeit geleistet. Lore signalisierte von Anfang an, dass sie sich mit Gartenarbeit nicht beschäftigen würde, und ich hatte keine Zeit und keine Ahnung. Also blieb die Wiese jahrelang eine Stoppelwiese, auf der ein Sandkasten und eine Schaukel für Gloria standen. Der Hausmeister des Bauamtes kam ab und zu vorbei und mähte und nahm das Gras mit. Als Gloria nach Indien ging und der Spielplatz verwaist war, bot sich mein Vater an, den Garten zu gestalten. Lore war dagegen. Sie verachtete die Schrebergärtner, was ich gut verstand, denn so wie deren Gärten sollte unserer nicht aussehen.

Eines Tages fuhren wir wieder einmal nach Holland ans Meer und lernten dort ein Ehepaar kennen, Lenneke, Bildhauerin, eine wunderbare Künstlerin, und Pieter, Ingenieur, schon pensioniert. Die beiden hatten – haben immer noch – den schönsten Garten, den ich kenne. Ich konnte mich nicht satt-sehen, und auch Lore war überwältigt. Von Lenneke begann ich zu lernen. Wir benutzten die lateinischen Bezeichnungen für die Pflanzen und konnten uns immer besser verständigen.

Jetzt war es um mich geschehen. Jede freie Minute hab ich im Garten zugebracht. Bei Wind und Wetter war ich draußen. Ich riss den Liguster raus, pflanzte Eiben als dunklen Hintergrund für ein großes Staudenbeet, dem die Wiese weichen musste. In den Gärtnereien der Umgebung kannte man mich bald als neugierigen Besucher und guten Kunden. Aconitum, Delphinum, Helenium, Dicentra, Rudbekia, Heliopsis wurden mein Reich. Bald blühte es zu fast allen Jahreszeiten. Christstern und Tränendes Herz, Lilien und Rittersporn, Mohn und Pfingstrosen, Astern und Chrysanthemen, Eisenhut und Cosmeen, Männertreu und Jungfer im Grünen, und dazwischen wechselten sich Exoten aller Art ab. Lore, die anfangs außer sich war und bereits mit Scheidung drohte, beruhigte sich, vielleicht auch wegen der Tatsache, dass ich fast gar nicht mehr in Kneipen ging und weil sie doch nicht leugnen konnte, dass der Garten langsam dem unserer holländischen Freunde glich.

Was das für eine Leidenschaft ist, die aus Neugier entsteht, kann ich Lore nicht erklären. Was ihr die Bücher sind, sind mir meine Pflanzen. Ich kenne sie alle, weiß, was sie wollen, Sonne, Halbschatten oder Schatten, mehr trockenen oder nassen Boden, welche Nachbarschaft sie bevorzugen und welchen Dünger. Und ich bange mit ihnen, ob sie so harte Winter wie den letzten mit einigen Tagen um 20 Grad minus überstehen. Dass das alles unendlich viel Arbeit ist, hatte ich mir anfangs selbst nicht vorgestellt. Aber wenn man sich darauf eingelassen hat, hat man keine Wahl mehr. Vernachlässigt man den Garten, bestraft er einen. An Urlaub, an diese Reisen, die Lore so gerne machen würde, darf ich nicht denken. Heidi bietet sich zwar an, zu gießen. Aber sie hat auch keine Ahnung.

Nun habe ich diesen Garten in der heutigen Form fast fünfzehn Jahre. Wenn ich ehrlich bin, dann muss ich sagen, es wird mir manchmal zu viel. Das Kreuz schmerzt, die Knie auch, war ich früher tagelang im Garten, so bin ich heute nach ein, zwei Stunden müde. Schon denke ich an Vereinfachung. Wieder Sträucher pflanzen, einen Teil hinter dem Haus brachliegen lassen, das wäre es, aber noch kann ich es nicht. Und was ist mit dem Garten, wenn ich sterbe? Werde ich dann zu einem knorrigen alten Baum, werde ich Wurzeln schlagen im Garten? Liebe ich meinen Garten mehr als Lore? Fragen über Fragen, die ich mir stelle und nie beantworte.

✻

»Übrigens, Lore, stell dir vor: Die Rittersspornsorten ›Amorspeer‹, ›Lanzenträger‹, ›Tempelgong‹, ›Schloss Wilhelmshöhe‹, ›Jubelrufe‹ und ›Gletscherwasser‹ sind nach dem Winter alle wiedergekommen, der ›Völkerfrieden‹ nicht. Soll ich das als ein Zeichen nehmen, dass der Völkerfrieden keinen Winter überdauert?«

»Vielleicht.«

»Der Lanzenträger ist robuster als der Völkerfrieden. Na klar!«

»Ach, Harry, ich wollte, du würdest weniger in diesem Garten herumpritzeln —«

»— ich pritzle nicht herum —«

»— und dich mehr mit Kultur befassen.«

»Garten ist Kultur. Die Literatur ist voll davon, das musst du doch am besten wissen.«

»Ja. Vita Sackville-West. Sie hat wunderbar über ihre Gärten geschrieben.«

»Und glaubst du, dass sie auf Sissinghurst-Castle eigenhändig das Unkraut aus den Ritzen der Wege gezupft hat?«

»Natürlich nicht. Sie hatte Gärtner.«

»Und ich habe keine Gärtner. Auch keine Gartenhilfe.«

»Wozu auch. So groß —«

»Dafür habe ich diesen Hochdruckreiniger.«

»Peinlich genug.«

»Hör auf, Lore! Ich habe keinen Rasenmäher, keinen Schredder, keinen Laubsauger – nur diesen Hochdruckreiniger. Er erspart mir viele Stunden Bücken und Zupfen und Schrubben und was weiß ich. Auf Sissinghurst hat ein Heer von Bediensteten diese Arbeit getan.«

»Das ist doch nicht vergleichbar.«

»Doch. Wenn ich mir eine Arbeitskraft anmiete, was du immer vorschlägst —«

»Ich denke eben, dass es dir zu viel ist, ich —«

»— eine solche Kraft kostet mich am Tag so viel, wie dieser Hochdruckreiniger gekostet hat – wenn sie es schwarz macht. Und zu Vitas Zeiten hätte man sich für das Geld vermutlich eine Hilfskraft für ein halbes Jahr mieten können.«

»Und wenn man das Unkraut in den Ritzen lässt?«

»Dann sagst du irgendwann, dass es unordentlich aussieht, und ich beklage, dass es ausblüht und in den Staudenbeeten neu sprießt.«

»Wer sagt eigentlich, was als Unkraut zu verstehen ist?«

»Der, der pflanzt, hegt, seinen Garten nach seinen Vorstellungen anlegt. Was ihm nicht willkommen ist, weil er es nicht selbst gepflanzt hat, nennt er Unkraut.«

»Ich liebe diese Wörter mit Un. Treu – untreu, Kraut – Unkraut.«

»Hold – Unhold.«

»Recht – Unrecht.«

»Zucht – Unzucht.«

»Geziefer – Ungeziefer.«

»Geziefer ist schön. Steht das im Duden?«

»Glaube ich nicht.«

»Mit dem Unkraut ist es wie mit den Gastarbeitern.«

»Was soll das denn jetzt?«

»Als die Gastarbeiter diskriminiert waren, suchte man neue Begriffe und landete irgendwann beim Mitbürger mit Migrationshintergrund. Als die Umweltbewegung nicht mehr von Unkraut reden wollte, sprach sie von Wildkräutern, Begleitwuchs, Beikräutern und Kulturpflanzenbegleitern.«

»Dann ist dein Hochdruckdingens also ein Kulturpflanzenbegleitervernichtungsapparat.«

»Wenn du das so nennen willst, nenne es so.«

»Ach, Harry, mir ist das hier manchmal alles zu viel. Und wenn ich dich ständig schuften sehe, dann denke ich oft, warum verkaufen wir das nicht alles und nehmen uns eine nette Dreizimmerwohnung mit Balkon.«

»Das ist nicht dein Ernst?!«

»Wir werden nicht jünger, Harry.«

»Daran ändert eine Dreizimmerwohnung mit Balkon auch nichts.«

»Vielleicht findet man was mit Terrasse.«

»Oder mit Garten.«

»Ja, zwei kleine Beete vielleicht.«

»Lore, bitte hör auf! Sag, dass das nicht dein Ernst ist.«

»Was ist schon mein Ernst.«

23 | LORE

Mit wie viel Unfug man sich beschäftigt. Wie viel Sinnloses man tut. Wie das Leben weitergeht und es wird Abend, und man liegt im Bett und fragt sich, wo der vergangene Tag ist, wozu er gut war, was er gebracht hat, wo ich eigentlich war an diesem Tag.

Ich hab mir was angewöhnt: ich lasse jeden Morgen, wenn ich wach werde, die Augen noch für fünf Minuten geschlossen und denke: was muss ich heute tun, was kann ich heute tun, was möchte ich heute tun? Was muss weg, was wünsche ich mir und was wäre auch noch drin. Und abends ziehe ich Bilanz: was hab ich geschafft, was schon wieder verschoben, was hat mir Freude gemacht. Die Bilanzen sind meistens kläglich. Ich will so viel tun und strande schon früh an Kraftlosigkeit und, ich gebe es zu, an Stimmungen. Ich gehe dann in der Mittagspause statt mit Christa essen schnell zum Friedhof, zu Lenis Grab. Ausgerechnet ich. Und da steh ich dann und weine und frage sie und mich, was falsch gelaufen ist. Sie hat mich geliebt, das weiß ich, sie konnte es nur nicht zeigen. Hab ich sie geliebt? Jetzt, wo sie tot ist, fallen mir so viele schöne Situationen mit ihr ein. Wie wir zusammen Musik gehört haben. Wie sie an meinem Bett gesungen hat, als ich klein war. Und ich denke an Gloria, ich habe auch an ihrem Bett gesungen, dieselben ewigen Lieder vom Mond, vom Winter, da schneit's den Schnee, im Sommer, da wächst der Klee, dann komm ich wieder. Ade nun zur guten Nacht, jetzt wird der Schluss gemacht.

Wenn's schneiet rote Rosen und regnet kühlen Wein, dann komm ich aber wieder, Herzallerliebste mein.

Ich habe Gloria auch geliebt. Und ich habe mich nicht im zweiten Stock auf die Fensterbank gestellt und gesagt: die Mama springt runter, wenn du den Teller nicht leer isst. Leni hat so was gemacht. Und ich, ein kleines Mädchen, hatte Todesangst, dass sie springt, und hab das Essen runtergewürgt, die eklige Blutwurst, die Wirsingpampe. Wenn Gloria nicht essen wollte, hab ich sie nie gezwungen, ich hab einfach ihr Lieblingsgericht gemacht, Apfelpfannkuchen, Schokoladensuppe, sie musste nichts essen, was sie nicht wollte. Was war richtig, was war falsch? Ist es müßig, sich solche Fragen zu stellen? Gibt es Antworten? Worüber denkt Harry nach, stundenlang in seinen Beeten? Vielleicht gräbt er einfach nur und denkt: Erde. Wasser. Giersch. Schneckenkorn. Ein Garten ist im Grunde so sinnlos wie ein Haushalt: man putzt, es wird wieder dreckig, man putzt die Fenster, es regnet, sie kriegen Streifen. Man zupft Unkraut, es wächst nach, man fegt tonnenweise Laub zusammen, jeden Herbst wieder, wozu das alles. Ich möchte mal eine sinnvolle Antwort, eine einzige, auf alles. ›Du möchtest dir ein Stichwort borgen, allein: bei wem?‹ Von wem ist das? Gottfried Benn, ja, Gottfried Benn. ›Ach, eine Fanfare, doch nicht an Fleisches Mund, dass ich erfahre, wo aller Töne Grund.‹ Gottfried Benn. Mein Gottfried Benn, als junges Mädchen hab ich seine Gedichte in Schulhefte geschrieben, mit grüner Tinte, abgeschrieben und dabei auswendig gelernt, Gedichte haben mich getröstet. Auch das klappt heute nicht mehr. Sie geben mir keine Antworten auf meine Fragen. Aber ich weiß ja auch, dass es diese

Antworten gar nicht gibt. All die Bücher in der ganzen riesigen Bibliothek handeln doch vom Suchen, Fragen, von der Enttäuschung, und je älter man wird, desto weniger funktioniert es mit dem Verdrängen. Früher konnte ich mich besser ablenken. Jetzt bohrt es in mir, jeden Tag. Die berühmte blöde Sinnkrise. Wozu das alles, wozu die Betten machen, den Garten ordnen, damit die Zeit rumgeht? Kann man Leben nicht anders füllen? War's das schon?

Ich würde so gern an irgendetwas wieder diese Freude haben wie früher. An den Büchern, an der Musik, an einem heißen Bad, an einem kalten Wein. Mir ist die Freude unmöglich geworden, mir ist das Glück abhandengekommen. Wie glücklich war ich damals mit dem jungen Hund, lange Spaziergänge, ich war stark, gesund, der Hund war voller Lebensfreude, das hat sich auf mich übertragen. Und jetzt, würde ich einen Hund wollen? Um Himmels willen, nein. Der Dreck, die Haare, das elende Zeug, das man jeden Tag kochen muss – Pansen, Reis, und dann raus bei jedem Wind und Wetter, das wär gar nichts mehr für mich, und außerdem, so ein Hund würde länger leben als ich, und dann? Vielleicht hätte Harry ja gern wieder einen Hund. Er sitzt zu viel zu Hause. Mit einem Hund würde er raus müssen, wir auch zusammen, abends noch ein schöner Gang … nein, und dann stirbt Harry plötzlich und ich sitz da mit dem kaputten Knie und einem Hund und kann überhaupt nicht mehr weg.

Wie komm ich denn jetzt auf den Hund? Freude. Es war mehr Freude früher. Es war einfach mehr Freude.

*

»Harry, wollen wir mal einen Tag in die Stadt gehen und Klamotten kaufen für die Hochzeit?«

»Was denn für Klamotten?«

»Na ja, dein Anzug ist so toll nicht mehr, die Hose kneift, und du hast die Jacke oft zu Jeans getragen, ohne die Hose, das sieht man, die Jacke ist ein bisschen ramponiert.«

»Ich brauch keinen Anzug, wann trag ich denn schon mal einen Anzug.«

»Auf der Hochzeit deiner Tochter, auf meiner Beerdigung ...«

»Sei nicht geschmacklos, Lore. Aber gut, von mir aus, so einen ganz leichten könnte ich vielleicht wirklich mal brauchen, warum nicht. Und du, wonach ist dir?«

»Ein Seidenkleid. Ich möchte ein schönes Seidenkleid mit Blumen. Und mal wieder hohe Absätze.«

»Du kannst doch gar nicht laufen auf hohen Absätzen. Mit deinem Hallux valgus, da tun dir doch die Füße immer weh.«

»Es müssten gute sein, nicht zu hoch und vorne schön rund, dann geht es.«

»Gut, machen wir einen Stadtbummel, hast recht, haben wir lange nicht gemacht. Kannst du dir denn freinehmen?«

»Ja, ich hab noch Urlaubstage vom letzten Jahr.«

»Warum fahren wir eigentlich nie mal so richtig in Urlaub? Andere Leute fahren ans Meer, legen sich an einen Strand ...«

»Weil uns kein Hotel gefällt. Weil dir kein Hotel gefällt, immer sind dir die Betten zu schmal und die Dusche funktioniert nicht und was weiß ich. Es ist ja immer was.«

»Ach, und damals in Fuerteventura, hat es dir etwa gefallen? Steiniger Strand, Frühstücksbüffet voller Fisch und überall

Händler mit Ketten, Sonnenbrillen, T-Shirts? Du wolltest doch schon nach drei Tagen nach Hause.«

»Also, kein Urlaub, warum auch, wir haben es doch schön hier. Aber ein bisschen einkaufen, bummeln, mal Geld ausgeben, die Wirtschaft ankurbeln – das haben wir doch früher immer so gern gemacht. Du warst immer ein Mann, mit dem man prima einkaufen konnte. Das ist selten.«

»Der bin ich noch. Wenn wir immer mal zwischendurch ein schönes Bier trinken.«

»Gut. Lass uns das in den nächsten Tagen machen. Die Hochzeit rückt näher, und weißt du, ich hatte jetzt mit Mutters Tod doch viel um die Ohren, mich hat das mitgenommen. Die Schränke ausräumen, ihre paar armen Sachen – ich brauch mal ein bisschen Schönheit.«

»Ich war gestern am Grab, wollte ein wenig Ordnung machen, und da war ein großer Strauß mit weißen Rosen. Warst du das?«

»Ja, das war ich.«

»Das rührt mich jetzt richtig. Du hattest sie lieber, als du zugibst, oder?«

»Ich weiß nicht. Vielleicht. Ich hab einfach so ein Verlustgefühl. Ein Ziehen, immer. Verstehst du das? So ein Loch.«

»Das füllen wir mit einem schönen Seidenkleid.«

»Harry ...«

»Ja?«

»Ich glaube, ich liebe dich noch.«

»Sag mir Bescheid, wenn du es genau weißt.«

»Du alter Blödmann.«

24 | HARRY

Ich weiß, wie sehr Lore oft am Sinn des Lebens zweifelt, wie schwer sie sich mit dem Altwerden tut. Es ist zu einfach, zu sagen, Männer seien da schlichter gestrickt. Ich hatte diese Phase auch, mit fünfzig, fünfundfünfzig. Ich saß im muffigen Bauamt, verwaltete Bauanträge aller Art und wusste, all meine Träume von früher würden unerfüllt bleiben. Ich würde keine Häuser, keine Kirchen, keine Brücken bauen, wovon ich in jungen Jahren geträumt hatte.

Ich hatte noch zehn bis fünfzehn Berufsjahre vor mir, die sich mit Frau Pohl, der Kaffeemaschine, dem Telefon, den Aktenordnern und der Amtskantine abspielen würden; es würde sich nichts mehr verändern. Niemand interessierte sich mehr für meine architektonischen und städtebaulichen Ideen, ich saß in keinem Gremium, keinem Ausschuss. Ich war ein Maulwurf in den dunklen Amtsgängen geworden und fühlte mich uralt. Ede sagte damals immer, geh in eine Partei, mach dich wichtig, kandidiere für den Stadtrat, tritt in die richtigen Vereine ein, nur so kommst du beruflich zu was. Genau das war aber nicht mein Ding. Nicht mal als getarnten Marsch des Achtundsechzigers durch die Institutionen wollte ich eine solche Karriere machen. Natürlich kamen mir in dieser Zeit auch Gedanken, ob ich überhaupt für diesen Beruf eine Begabung hatte.

Neulich las ich ein Interview mit einem sehr bekannten Weltklasseathleten, der am Ende seiner Karriere sagte: Ich hatte ja kein Talent, aber ich war fleißig und besessen. Ich war ehrlich gesagt nie fleißig und schon gar nicht besessen. Das war wohl mein Problem.

In der Zeit, als ich mich widerwillig täglich ins Amt schleppte und mit meinen zertrümmerten Träumen rang, kam Lore in die Wechseljahre. Langsam schlichen sie sich in unser Leben und bestimmten es weitgehend. Lore litt sehr, vor allem unter den Hitzewellen. Ich las alles, was ich zum Thema Klimakterium bekommen konnte, die Frauenzeitschriften waren ja voll davon. Von älteren Freunden und Bekannten wusste ich, dass diese Jahre geeignet sind, Ehen zu zerstören. Ede und Sylvia zum Beispiel kamen über die Zeit nicht hinweg. Sie trennten sich, und Ede hatte ganz schnell eine Jüngere. Das wollte ich aber nicht. Ich wollte verstehen, was mit Lore vor sich ging. Ich gewöhnte mir an zu sagen: Wir sind in den Wechseljahren.

Lore und ich hatten die Verklemmungen unserer Eltern abgelegt, und unsere ersten Jahre waren wilde Jahre. Später beruhigte es sich, aber wir hatten zumindest ein so gutes Sexualleben, dass ich Ede und andere um ihre jugendlichen Eroberungen nie beneidet habe. Es ging uns gut miteinander, Lore und mir. Mit unseren Wechseljahren hat sich viel geändert. Zwar waren wir nie einer Trennung nahe, aber unsere Beziehung musste einige Irritationen erdulden. Wir stritten öfter, waren seltener derselben Meinung, gingen oft eigene Wege, hatten unterschiedliche Interessen. Außer den gelegentlichen Wochenenden in Holland am Meer machten wir keinen Urlaub, verreisten nur selten. Wir empfanden — empfinden, muss ich sagen — keine Leidenschaft mehr füreinander. Wir gehen zwar liebevoll miteinander um, aber der Alltag frisst eben doch Gefühle auf.

Für mich war der Tag meiner Pensionierung die Befreiung aus einem Leben, das ich über weite Strecken nicht gemocht habe. Jetzt bin ich Rentner, gesund, kann über meine Tage verfügen, genieße die viele Zeit, die ich plötzlich habe, vor allem für meinen Garten und ein paar alte Freundschaften, die ich über die Jahre vernachlässigt hatte. Lore arbeitet noch, kann nicht aufhören, hat Angst vor dem Tag, an dem sie nicht mehr in die Bibliothek geht, nicht mehr wichtig ist und nicht mehr gebraucht wird, weil es auch ohne sie geht. Ich habe die Hoffnung, dass sich das ändert, wenn sie auch merkt, was man jenseits des Berufslebens alles tun kann. Sicher, im Gegensatz zu mir hat sie ihren Beruf geliebt – liebt ihn immer noch.

Vielleicht werden wir, wenn Lore pensioniert ist, ja doch mal reisen. Sie ist ein unruhiger Geist. Sie wird nicht wie ich zu Hause sitzen – trotz der vielen Bücher, die sie im Alter noch lesen möchte. Gestern machte Lore plötzlich den Vorschlag, wir sollten uns beide in der Stadt einkleiden – für die Hochzeit. Der Gedanke, wieder mal mit Lore durch die Stadt zu ziehen, wie wir das früher so gern gemacht haben, war verlockend.

Es war ein Freitag. Wir fuhren in die Innenstadt, gingen durch die Fußgängerzone und ein paar Bekleidungshäuser und schätzten uns glücklich, das alles nicht zu brauchen. Lore wollte sich ein Kleid kaufen, sommerlich, leicht, geblümt, ein bisschen altmodisch sollte es sein, wie die Kleider, die sie vor dreißig Jahren auf Flohmärkten gekauft und Omakleider genannt hat. Nichts passte ihr, alles schien für diese mageren Models geschnitten zu sein. Schon war sie frustriert, wollte aufgeben, so schnell wie möglich nach Hause fahren. Doch in einer kleinen Boutique fanden wir ihr Wunschkleid. Sie sah hinreißend darin aus, sie war glücklich. Ich bekam einen Anzug, dessen Wahl ziemlich unkompliziert war. Der erste passte. Sitzt, passt, hat Luft, sagte ich nach Handwerkerart. Das wird vielleicht der letzte Anzug meines Lebens sein, dachte ich.

Als wir zu Hause waren, waren wir in so guter Stimmung, dass wir beschlossen, übers Wochenende nach Holland ans Meer zu fahren. Lore hatte Montag und Dienstag frei, es würde sich also rentieren. Das Auto war gepackt, ich goss noch den Garten, im Haus klingelte das Telefon, Lore ging dran. Es war die völlig aufgelöste Rita, die berichtete, dass Theo am Morgen einen Autounfall hatte. Mit überhöhter Geschwindigkeit ist er auf der Autobahn frontal an einen Brückenpfeiler geprallt, er war sofort tot. Eine Stunde davor hat er die Diagnose umfangreicher Untersuchungen bekommen: Bauchspeicheldrüsenkrebs.

✳

»Glaubst du, dass es ein Selbstmord war?«

»Das war auch mein erster Gedanke.«

»So gesehen ja eine Erlösung für ihn.«

»Immer der Tod als Erlösung.«

»Waren wir ungerecht mit ihm — mit unserer Ablehnung, meine ich — und unserer Ungeduld?«

»Ja und nein. Ich weiß es nicht. Du hast dir ja jahrelang Mühe gegeben. Er hat's einem ja nicht leicht gemacht.«

»Er war, wie er war. Er konnte wohl nicht anders sein.«

»Ich glaube, er musste so werden, wie er war. Er hat Liebe bei den falschen Leuten gesucht, weil er sie bei seinen nicht bekam.«

»Leni hat mal zu mir gesagt, ›er taugt nichts, weil er wie sein Vater ist‹.«

»Nachdem er uns verlassen hat, hat Mutter unseren Vater gehasst. Ich war zehn, Theo acht. An ihm hat sie all ihre Wut und Enttäuschung ausgelassen. Er hatte keine Chance, war schlecht in der Schule, blieb sitzen, brach Schule und Lehre ab — na ja, den Rest hast du selbst erlebt.«

»Ja.«

»Er kam einfach mit seinem Leben nicht zurecht.«

»Und du warst das bevorzugte Kind.«

»Klar. Und ihm wurde ich immer als leuchtendes Beispiel entgegengehalten.«

»Ein Wunder eigentlich, dass er dich nicht gehasst hat.«

»Er hat doch so sehr überall um Liebe gebuhlt. Er konnte nicht hassen.«

»Was können wir jetzt um Gottes willen für Rita tun?«

»Erstmal trösten — wenn sie das zulässt, hysterisch, wie sie ist.«

»Es wird furchtbar für sie. Soweit ich es jetzt überblicke, ist sie völlig verschuldet — und sie hatten keine Gütertrennung.«

»Was heißt das?«

»Seine Schulden sind ihre Schulden.«

»Haben wir so was?«

»Eine Gütertrennung? Wozu? Wir haben keine Schulden.«

»Ach so. Weißt du, was sie am Telefon gesagt hat? Gesagt ist gut. Geschrien hat sie in ihrer Verzweiflung. ›Aber ins Grab eurer Mutter kommt er nicht!‹«

»Das ist pure Verzweiflung, wie du sagst. Mehr Verzweiflung vermutlich als Trauer. Ja, Lore, nun sind wir dran.«

»Und ich hab mich diesmal so sehr aufs Meer gefreut, mehr denn je.«

»Das Meer läuft uns nicht davon. Es ist immer da – und steht niemals still – wie heißt es noch mal in dem Lied von Paolo Conte?«

»Quel mare scuro che si muove anche di notte e non sta fermo mai.«

»Genova per noi.«

»Dies dunkle Meer bewegt sich auch bei Nacht und steht niemals still.«

»Weißt du noch – damals –, unser Urlaub mit Theo auf der Île de Ré? Wir haben ihn – irgendwie, glaube ich, aus Mitleid – mitgenommen, und es war wunderbar und unkompliziert.«

»Es war lustig und harmonisch, einfach gut – so konnte er eben auch sein.«

»Wann war das noch mal? Fünfundachtzig – sechsundachtzig?«

»Achtundachtzig im Juli. Das weiß ich genau. Er war gerade vierzig geworden, und am Geburtstag – die Gäste waren schon da, um ihn zu feiern – hat ihn Elisabeth verlassen.«

»Ach ja! Das hatte ich ganz vergessen.«

»Da saß er doch heulend bei uns, und wir hatten schon die Koffer für den Urlaub gepackt – na ja, was sollten wir tun – haben wir ihn eben mitgenommen.«

»Ich glaube, er war damals richtig glücklich – trotz der Trennung.«

»Die ja wirklich überfällig war.«

»Ich hab mich in den drei Wochen mit ihm so gut verstanden, dass ich dachte, ich habe nicht nur einen Schwager, sondern auch einen Freund. Aber kaum war er zurück in seinem alten Leben —«

»— bei den Trümmern seines Lebens —«

»— war er wieder der Alte. Unzuverlässig, verlogen, windig.«

»Ach, Harry, ich bin das alles so leid. Erst Mutter, jetzt Theo. Ich möchte einfach weglaufen, ja, einfach weglaufen.«

»Lore, wenn wir Theo unter der Erde, Rita unter Kontrolle und Gloria unter der Haube haben, fahren wir beide wie in alten Zeiten mit dem Auto durch Italien, einfach so, ohne festes Ziel – drei, vier Wochen —«

»Eine wunderbare Vorstellung.«

»Du hast doch noch so viel Urlaub?«

»Ja. Aber ans Meer fahren wir auch – versprochen?«

»Natürlich.«

»Nach Genua – Genova per noi.«

»Und wir schauen, ob das Meer dort tatsächlich auch nachts nicht still steht.«

»Ach Harry, können wir das noch?«

»Wenn wir's wollen, können wir's.«

25 | LORE

Jetzt ist mein Bruder auch tot. Nur noch ich bin übrig von der Familie. Dass er den Mut zu so einem Selbstmord hatte – ich hätte ihm das nie zugetraut. Und natürlich mache ich mir Vorwürfe. Dass ich nicht gemerkt habe, wie ernst es ist, wie verzweifelt er ist, dass alles nur dummes Gerede ist und er innen drin Angst hat wie damals als Kind. Er hatte immer Angst, allein zu Hause, im Dunkeln, bei Gewitter, Theo war der Angsthase. Und ich habe ihn dann immer noch mehr verängstigt, habe ihn erschreckt – ach. Wir waren Kinder ... Ich laufe herum wie ein Gespenst. Mutter ist tot, Theo ist tot, mir ist, als säße der Tod hier mit am Tisch und warte ab, wer jetzt dran ist.

Ich will aber so nicht sein. So lethargisch. Ich will stark sein und leben, jawohl, auf dem Friedhof kann man sehen, wie schnell das alles vorbei ist. Ein einziges Leben, das wir da haben. Mach was draus, Lore.

Rita ist in Kur. Auch gut, das wird ihr helfen. Und wir fahren jetzt zu Glorias Hochzeit, zusammen, neu eingekleidet, die Perlen von Mutter neu aufgefädelt für Gloria, und die sechs ganz alten Weingläser von Tante Hilde kriegt sie, mundgeblasen, Venedig, kostbar. Soll sie mit ihrem Frank Wein draus trinken und glücklich sein. Ich kann die Dinge jetzt wegschenken, ich sammel nicht mehr. Erstens ist es für meine Tochter, zweitens steht hier genug Zeug herum, ich sehne mich mal wieder nach Platz und Klarheit, raus mit dem Kram. Rita hat mir einen Karton mit Sachen von Theo gebracht. Schulbücher, Kinderzeichnungen, seine alte Gitarre. Ich kann das gar nicht ansehen. Es tut mir weh. Ich krieg im Moment die Balance zwischen Leben und Tod nicht gut hin. Aber ich bin fest entschlossen, mich nicht runterziehen zu lassen, nicht mehr. Der neue Arzt tut mir gut, der baut mich auf, es geht mir besser mit diesem Zeug, das er mir verschreibt.

Theo liegt nicht in Mutters Grab, natürlich nicht. Er liegt auf dem Südfriedhof, und Rita lässt einen großen Stein mit goldener Schrift anfertigen. Will ich mal in Mutters Grab? Wenn man tot ist, ist es doch egal, oder? Aber irgendwie will ich nicht. Harry sagt, er geht gern da rein. Wie sich das anhört … Hallo Leni, hier kommt dein Schwiegersohn, deine Tochter will ja nicht hier einziehen. Wohin will ich? Pah. Wohin will man, wenn man tot ist. Es gibt so ein Buch, da tragen Freunde die Asche ihres verstorbenen Kumpels ans Meer, weil der nie das Meer gesehen hat. Ich weiß nicht mehr, wie es ausgeht, aber unterwegs, immer mit der Urne dabei, rechnen sie endlich alle ehrlich miteinander ab, wer was wem angetan hat, angesichts des toten Freundes oder dessen, was von dem noch übrig ist.

Was habe ich wem angetan? Ich hab mich weder mit meiner Mutter noch mit meinem Bruder verstanden. Harry? Ist der glücklich geworden mit mir? Ich weiß es nicht. Ich mecker zu viel an ihm rum, das stumpft ihn ab. Gloria? Nein, nicht schon wieder. Gloria lebt ihr Leben, und ich muss sie endlich mal total loslassen. Die Hochzeit ist gut dafür. Die dritte Hochzeit und Schluss und aus.

Ist sie eigentlich verliebt in ihren Frank? Das hört sich alles so vernünftig, so überlegt an. Ich würde mich gern noch mal verlieben. Aber daran darf man ja als Frau mit Mitte sechzig nicht mal denken. Die Männer dürfen. Egal, wie dick sie sind, glatzköpfig, alt, sie finden immer noch eine zwanzig, dreißig, vierzig Jahre jüngere Frau, da, Joschka Fischer in fünfter Ehe. Müntefering. Sogar Helmut Kohl. Unglaublich! Alte Männer, junge Frauen. Umgekehrt immer noch ein Drama – was will die Alte mit dem jungen Mann? Madonna und Jesus, ich finde nicht schlimm, dass der so viel jünger ist, ich finde schlimm, dass der Jesus heißt. Madonna und Jesus, das geht ja irgendwie gar nicht. Aber dass sie sich das traut – alle Achtung. Brauche ich vielleicht zum Aufmöbeln einen kleinen Ausflug mit einem Jesus?

Was denke ich denn da. Mutter und Theo sind begraben, und ich will mich verlieben. Ja, gerade. Um das Leben noch mal so richtig zu spüren. Einmal noch.

*

»Harry, wir fahren erster Klasse, ja?«

»Natürlich. Ich will auch nicht zwischen Schulklassen und Rucksäcken sitzen.«

»Ich hab am Abend vorher leider noch eine Lesung, es wird spät. Du willst sicher nicht ...«

»Nein.«

»Du weißt ja noch nicht mal, wer liest.«

»Gut. Wer liest?«

»Eine Kanadierin. Kennst du nicht.«

»Auf deutsch?«

»Die deutschen Texte lese ich. Sie liest englisch.«

»Ach, ich soll kommen, weil du liest?«

»Nein, vergiss es.«

»Doch, ich komm. Ich finde das schön, und so oft wirst du es nicht mehr machen.«

»Du musst aber nicht.«

»Weiß ich. Ich will. Ich mag es, wenn du liest. Worum geht's?«

»Lass dich überraschen. Um Liebe natürlich.«

»Geht es gut aus? Natürlich nicht, oder?«

»Doch. Hier schon. Sie lieben sich, sie verlieren sich, sie finden sich wieder.«

»Wie heißt das Buch?«

»Wintergewölbe.«

»Was ist ein Wintergewölbe?«

»Du bist doch der Architekt. Musst du doch eigentlich wissen.«

»Weiß ich aber nicht, hab ich noch nie gehört. Wintergewölbe.«

»In einem Wintergewölbe werden an manchen Orten, zum Beispiel in Polen, Leichen aufbewahrt, wenn der Boden zu hart gefroren ist, um sie zu begraben.«

»Alles hat mit Tod zu tun.«

»Ja, ich habe gerade ein Buch von Maarten 't Hart gelesen, über seinen Vater, der war Totengräber. Eines Jahres zwischen Weihnachten und Neujahr kommt ein Freund aus dem Ort zu ihm und sagt, ich will nicht mehr leben, ich bin alt, krank, einsam, ich häng mich jetzt auf. Der Vater sagt: Ich kann dich gut verstehen, aber tu mir das nicht an, der Boden ist jetzt zu hart, ich kann dich nicht begraben. Warte bis Mai. Die hatten kein Wintergewölbe da in Holland.«

»Und wie ging's aus, hat er sich erhängt?«

»Ja, im Mai, als der Boden wieder weich war.«

»Das war ein guter Freund.«

»Alles handelt im Moment vom Tod. Ich fühl mich auch wie in einem Wintergewölbe.«

»Bist du aber nicht. Es ist August, die Sonne scheint, du machst morgen eine schöne Lesung und dann fahren wir erster Klasse nach Leipzig und machen uns zwei gute Tage.«

»Ich freu mich drauf, mit dir mal wieder zu reisen.«

»Ich mich auch. Wir könnten Karten spielen im Zug, weißt du noch?«

»Du hast immer geschummelt. Du hast auf den Trümpfen gesessen.«

»Nur ein einziges Mal. Und das trägst du mir ewig nach.«

»Du schummelst immer, auf irgendeine Weise. Aber diesmal krieg ich dich.«

»Wir werden ja sehen.«

»Weißt du noch, wenn Gloria beim Spiel verlor, hat sie die Tür geknallt und stundenlang geheult.«

»Einzelkind. Machtlos gegen die Eltern. Klassisch.«

»Nix, Theo hat auch geheult und getobt, wenn er als Kind beim Spiel verloren hat. So ist einer drauf oder nicht.«

»Und du bist nachtragend, bis heute kommst du mir damit, dass ich auf den Trumpfkarten gesessen habe.«

»Das war aber auch schändlich, ich hatte immer gute Karten und hab nie gewonnen, weil du wusstest, dass ich bluffe.«

»So ist das im Leben. Mancher blufft zuungunsten des Bluffenden.«

»Was war denn das noch mal? Bleffen, es hieß bleffen, irgend so ein bayerischer Quatsch, der Bleffende blefft zuungunsten des Geblefften … was haben wir gelacht, wer war das?«

»Weiß nicht. Fällt mir wieder ein. Weißt du, was das Schönste am langen Zusammenleben ist?«

»Sag's mir.«

»Der Satz ›Weißt du noch …‹ Den hab ich nur mit dir.«

»Deshalb verlieb ich mich ja auch in keinen Jesus.«

»Was soll das denn jetzt heißen? Versteh ich nicht.«

»Vergiss es. Nur so.«

»Komm mir auf die alten Tage bloß nicht noch mit Jesus, wie meine Mutter am Ende mit ihren Traktätchen.«

»Nein, mein Lieber, ich meine einen ganz anderen Jesus, aber das wirst du jetzt so schnell nicht verstehen.«

»Du bleffst.«

»Ja, zugunsten der Bleffenden.«

26 | HARRY

Mein Gott, was ist das für ein Jahr! Leni stirbt, dann Theo, Rita dreht durch, Glorias seltsame Entwicklung und Fürstenhochzeit in Leipzig. Das strapaziert selbst mein dickes Fell. Für Lore ist das alles ganz schlimm. Dieser einseitige Abschied in Raten von der Mutter, der sehr plötzliche, auch rätselhafte Tod des Bruders und Ritas Totalzusammenbruch, das war etwas viel. Wie es Lores Art ist, macht sie sich wieder einmal Vorwürfe, Theo nicht die Schwester gewesen zu sein, die er gebraucht hätte. Wieder einmal zweifelt Lore angesichts aller Ereignisse an sich selbst, an der Welt und natürlich auch an mir. Ja, sicher auch das. Ich spüre das. Manchmal, wenn sie mich beobachtet – beim Zeitunglesen zum Beispiel –, sehe ich ihr an, was sie denkt. Ist das der Richtige, könnte da nicht ein anderer, jüngerer, eloquenterer, geistreicherer Mann sitzen, denkt sie. Kurz darauf, wenn sie sich durchschaut fühlt, ist sie besonders nett zu mir. Dann sagt sie Dinge, die sie lange nicht mehr gesagt hat, redet von Glück, das man festhalten müsse, vergleicht uns mit anderen Ehepaaren und findet, wir hätten unsere Sache doch alles in allem gut gemacht. Dann spielt sie eine Zufriedenheit vor, die sie in Wirklichkeit nicht hat.

Ich habe im Moment das Gefühl, dass wir an einem Scheideweg sind. Entweder wir werden wie so viele andere ein abgestumpftes Paar, das aus Gewohnheit noch zusammenlebt, oder wir haben noch ein paar schöne, intensive Jahre miteinander, so was wie einen zweiten Frühling. Wir haben eine Chance. Wir sind gesund, wir haben keine finanziellen Sorgen, müssen nicht mehr arbeiten, haben, wenn wir uns wieder darauf besinnen, durchaus gemeinsame Interessen. Ich weiß, dass vieles an mir liegt. Es ist nicht allein damit getan, dass Lore sich pensionieren lässt. Sie hätte es längst getan, wenn sie nicht befürchten müsste, dann ein Rentnerdasein neben einem Mann zu fristen, der sich zu keinerlei Aktivität aufraffen kann und sich in seinem Garten verkriecht. Ja, es liegt an mir. Ich muss mich ändern. Ich muss zu den Dingen zurückfinden, die unseren ersten Frühling ausmachten. Es ist nicht damit getan, zu versprechen, dass man einmal nach Italien und ans Meer fährt.

Ich bin so bequem und faul geworden. Mein Gott, ich bin sechsundsechzig Jahre alt und lebe wie ein alter Mann. Neulich war ich mit Ede bei dem Kabarettisten Dieter Hildebrandt. Der ist zweiundachtzig, steht auf der Bühne vor vierhundert Leuten, sprüht vor Geist und Witz, ist politisch total informiert und klar im Kopf. Und ich lese nicht einmal die Bücher, die mir Lore empfiehlt. Ich stopfe mich voll mit dem unwichtigsten Kleinkram aus der Zeitung, bringe alles durcheinander, merke mir Namen und Geburtstage nicht – nur die Namen meiner Pflanzen. Ich nehme an Lores Berufsleben nicht teil, weigere mich, zu den Lesungen zu gehen, die ihr doch so wichtig sind, will keine Leute besuchen und keinen Besuch bekommen, igle mich hier ein, von zu viel Bier gar nicht zu reden. Das ist doch grotesk. Nein, das darf so nicht weitergehen. Es muss sich ändern. ICH muss es ändern. Ich muss Lore, wenn sie auch Rentnerin ist, der Partner sein, der ich ihr damals war, als wir noch reisten, in Ausstellungen oder ins Theater oder ins Kino gingen, wo wir Freunde besuchten, Gäste hatten. Wie lange waren wir schon nicht mehr in Holland bei Pieter und Lenneke oder bei meinem alten Studienkollegen Alois in München? Apropos München. In den ›Münchnerinnen‹ von Ludwig Thoma kommt das vor: Bleff zugunsten des Bleffenden.

Und wollten wir nicht immer mal übers Wochenende in eine der europäischen Metropolen reisen? Das Fliegen ist doch heute so billig. Es gibt die wunderbarsten Angebote. Und wir nehmen sie nicht wahr. Nein, so geht es nicht weiter. Ich werde den Garten vereinfachen und Heidis Angebot annehmen, sich darum zu kümmern, wenn wir wegfahren wollen. Ich werde mehr lesen, um wieder die interessanten Gespräche mit Lore zu haben. Meine Lore, die so wunderbar aus ihrer Welt der Literatur erzählen kann. Meine Lore, die sich nicht gewünscht hat, mit einem Gartenspinner alt zu werden. Wann hab ich ihr eigentlich zuletzt gesagt, dass ich sie liebe? Ich weiß es nicht. Ich fürchte, es ist lange her. Und ich liebe sie doch noch.

*

»Lore, ich liebe dich!«

»Harry, was ist in dich gefahren – ist dir nicht gut?«

»Ich möchte mich bei dir entschuldigen.«

»Wofür? Hast du mich betrogen?«

»Nein.«

»Was hast du ausgefressen, Harry?«

»Ich möchte mich dafür entschuldigen, dass ich neben dir ein sturer alter Zausel geworden bin.«

»Ich nehme die Entschuldigung an.«

»Gut so.«

»Und – äh – ist denn Besserung in Sicht?«

»Ja. Ich habe nachgedacht und mich umgesehen, und ich habe zu viele Paare gesehen, die gelangweilt nebeneinanderher leben. Sie sitzen in Lokalen und reden nicht miteinander. Sie haben sich nichts mehr zu sagen, weil sie nichts Gemeinsames erleben und weil alles andere schon gesagt ist. Ich will nicht, dass wir so werden.«

»Ich weiß gar nicht, was ich sagen soll – ich bin so überrascht, Harry.«

»Wir waren seit drei Jahren nicht mehr im Kino – weißt du, was unser letzter Film war, den wir gesehen haben?«

»Ja, ich weiß es, es war ›Das Leben der anderen‹. Da hatten wir doch danach so eine heftige Diskussion mit meiner Kollegin Franziska aus Erfurt.«

»Eben. Ich erinnere mich – ich will wieder mit dir ins Kino gehen und ins Theater und solche Diskussionen haben. Ich will mit dir reisen und was erleben, damit wir wieder sagen können ›siehst du auch, was ich sehe‹ und nicht nur ›weißt du noch, damals‹.«

»Was sagt dein Garten dazu, Harry?«

»Ich lass mich doch von einem Garten nicht davon abhalten, mit meiner Gattin einen erfüllten Lebensabend zu haben.«

»Ein großes Wort sprichst du gelassen aus!«

»Ich möchte mich für noch etwas entschuldigen.«

»Was für ein Tag! Haben wir Hochzeitstag, und ich weiß es nicht?«

»Ich meine, wenn ich schon mal dabei bin sozusagen Tabula rasa zu machen – also – es tut mir leid, dass ich mit Gloria und der Hochzeit so einen Eiertanz gemacht habe.«

»Ich hab das ja verstanden – ist auch wirklich nicht leicht.«

»Ich will mich jetzt einfach freuen, mit dir da hinzugehen. Wir schauen uns die Leute an, üben uns in Geduld – und wenn es Scheiße ist, dann seilen wir uns ab – und nach uns die Sintflut.«

»Harry, welche Fee hat dich verzaubert?«

»Mir ist jetzt plötzlich bewusst geworden, wie schnell es gehen kann, dass einer von uns alleine ist. Wir haben einfach nicht mehr so viel Zeit. Ich glaube, man macht sich ewig Vorwürfe, wenn man diese Zeit miteinander nicht sinnvoll genutzt hat.«

»Ja, ich sehe um mich herum fast nur Paare unseres Alters, die nicht gut oder zumindest gleichgültig miteinander sind.«

»Erinnere dich an das Paar im Biergarten, das uns so gut gefallen hat. Zwei Leute die sich sichtbar liebten, die die ganze Zeit miteinander geredet haben, die wir darum fast beneidet haben. Jetzt hatte er einen Schlaganfall, und sie sitzen sich stumm gegenüber, und sie füttert ihn.«

»Schrecklich – wann hast du sie gesehen?«

»Neulich, als ich mit Ede ein Bier trinken war.«

»Ich hab die beiden oft beneidet.«

»Lass uns so sein, dass wir andere nicht beneiden müssen.«

»Ja.«

»Lore, ich glaube, ich liebe dich immer noch.«

»Glaubst du's oder weißt du's?«

»Beides.«

»Jetzt würde ich glatt mit dir ins Bett gehen wollen – wenn ich nicht zu der Lesung müsste.«

»Weißt du was, ich komme mit.«

»Aber das interessiert dich doch nicht.«

»Dann fange ich eben damit an.«

27 | LORE

So. Die Zugfahrt für Leipzig ist gebucht. 2. September hin, nachmittags Standesamt, am nächsten Tag Kirche, dass das auch noch sein musste, Kirche. In Weiß, die dritte Hochzeit, und in Weiß. Und dann abends das große Fest. Am nächsten Tag Frühstück alle zusammen, noch ein Tag dort, am 4. September morgens zurück. Großraumwagen, Fensterplätze mit Tischchen dazwischen, Nichtraucher. Gibt's überhaupt noch Raucher? Ist das jetzt total verboten? Auch Quatsch. Ich fand das zwar nie gut, wenn irgend so ein nervöser Depp neben einem zwanzig Stuyvesant nacheinander rauchte, aber dass alles gleich verboten wird, ist auch idiotisch. Überall wird man reglementiert. Mein Gott, ich klär das doch mit meinem Tischnachbarn, wenn ich nach dem Essen eine rauchen will, nicht mit der Bundesregierung. Und meine Krankenkasse kann mich als Raucher gern höher einstufen, bitte schön, aber mir doch nicht alles vorschreiben – im Auto anschnallen, beim Motorradfahren Helme auf, nicht rauchen, wenn's nach Renate Künast geht, nicht mal in der eigenen Wohnung, also wirklich. Ich halte ja nach wie vor nichts von Ede, aber neulich saß er mit Harry im Garten, beide mit Zigarre, sah sehr gemütlich aus, und ich hörte, wie er sagte: Harry, ich sage dir: kein Navi, keine Filterzigaretten, keine Kondome. Da musste ich direkt lachen.

Kondome brauchen wir ja nun nicht mehr, und ich bin froh, dass wir das auch früher nicht gebraucht haben. Heute muss man wohl ... unbedingt schöner wird das Leben nicht für die jungen Leute.

Also, alles gebucht. Ich bin froh, dass Harry kein Theater mehr macht und sogar sagt, dass er sich freut. Glaube ich ihm zwar nicht, aber irgendwie hat er gerade seine sanfte Tour drauf, mal sehen, wie lange das hält. Es ist bei mir immer beides: ich hab ihn gern, natürlich, ich hab mehr als mein halbes Leben mit ihm verbracht, und trotzdem geht er mir so auf die Nerven. Liegt das an mir oder an ihm? Einerseits will ich ja, dass er zu meinen Lesungen — meinen? —, zu unseren Lesungen mal mitgeht, wenigstens ab und zu, aber wenn er es dann tut, regt er mich so auf, dass ich schreien könnte.

Letztes Mal, wieder so ein Fall. Die Dichterin liest ihre Geschichten, zugegeben, hochartifiziell und nicht wirklich prickelnd, und er fragt sie, ob man das so eintönig lesen müsse, ob das Teil des literarischen Konzepts sei. Sie wird rot und stottert und sagt, er müsse das ja nicht anhören, er könne das Buch ja zu Hause selbst lesen, und er fragt: »Steht denn mehr drin oder nur das, was wir hier gehört haben?« Und dann sagt er: »Sie haben zweifellos aus der Partitur des Textes optimalen Mehrwert geschlagen.«

Da war ich ja völlig fertig. Mein Harry, plötzlich so ein Satz, so böse, so ironisch und so perfekt, alle waren baff, und ich war eine Mischung aus stolz und wütend, denn natürlich war der Abend damit gelaufen und die Dichterin beleidigt. Oder zumindest verstört, so eine Sensible ist ja nicht beleidigt, die ist verstört, und auf dem Heimweg hat Harry gesagt: Ich hasse ja nichts mehr als Leute, die nichts, aber auch absolut gar nichts erleben und darüber dann von sich selbst zutiefst ergriffen schreiben.

Er hat nicht ganz unrecht. Es ist viel Schaumschlägerei in der neuen deutschen Fräuleinliteratur, aber was will man machen, das schreiben sie hoch, und dann traut sich keiner, etwas dagegen zu sagen oder zuzugeben, wie langweilig das alles ist. Ich hätte die auch nicht eingeladen. Das war Christa. Christa will immer für intellektuell gehalten werden und verwechselt Ereignislosigkeit mit Bedeutung. Ich hätte Tilman Rammstedt eingeladen, der mit seinem Opa nach China fährt und den Geschwistern zu Hause in Briefen davon berichtet, dabei ist der Opa schon tot und der Enkel hockt im Westerwald. Das gefällt mir. Hat mit Phantasie zu tun. Aber die Dichterin hat zu viel Camus gelesen, oder war das Sartre? ›Die Sonne schien, weil sie keine andere Wahl hatte, auf nichts Neues.‹ Und dann hat sie dieses ihr Nichts eben beschrieben. Na ja. Wenn ich ehrlich bin – banal. Und Harry sagt das so einfach. Der Mann irritiert mich immer wieder. Da steckt mehr drin, als ich nach so vielen Jahren weiß.

Beckett. Beckett war es, nicht Sartre, auch nicht Camus. Der olle Beckett. Irgendein Roman fängt so an ... ›Murphy‹, ›Murphy‹ von Beckett, ich bin doch noch nicht ganz verblödet.

Aber in mir stecken auch Dinge, die er nicht weiß. Sehnsüchte. Ängste. Schuldgefühle. Ich gäb was drum, wenn ich mich mit Theo besser verstanden hätte und er jetzt einfach mit uns nach Leipzig führe. Er war doch der Patenonkel ... Rita hat mir ein kleines Päckchen für Gloria gegeben, Theos Uhr, als Geschenk. Ob sie damit was anfangen kann? Aber es ist lieb, ja, doch, lieb ist es. Oder? Wir ersticken alle in blödsinnigen Ritualen, was MAN tun muss, ist doch nie das, was sinnvoll ist. Das Patenkind kriegt die Uhr. MAN muss als Eltern zur Hochzeit der Kinder. Auch wenn man gar nicht will. Ist so komisch, aber das hat sich richtig gedreht in den letzten Monaten, auf einmal fährt Harry gut gelaunt und gern nach Leipzig, und ich würde mir am liebsten jetzt rasch ein Bein brechen und könnte hierbleiben. Ja, Lore, daraus wird wohl nichts. Du musst. Mutterpflichten.

✻

»Harry, hast du alles? Theos Geschenk? Unser Geschenk? Fahrkarten?«

»Aber ja.«

»Wo sitzen wir noch mal?«

»Wagen 12, Platz 35 und 37.«

»Nicht nebeneinander, aber gegenüber, ich hab das extra noch mal gefragt, dafür hing ich am Telefon eine Stunde in der Warteschleife.«

»So was macht man heute alles im Internet.«

»Ich mach das zu selten, kann ich nicht, da hätte ich Christa fragen müssen, aber Christa spricht nicht mehr mit mir, seit du die Dichterin düpiert hast.«

»Ich hab die doch nicht düpiert. Ich hab ihr nur angedeutet, dass sie mich langweilt. Und nicht nur mich.«

»Nein, das stimmt nicht, die anderen waren begeistert.«

»Nur die Frauen. Die drei Männer, die da waren, haben gelitten, bis auf den einen Jungen, der hat sie angehimmelt. Ist klar, Dichterin, berühmt.«

»Warum ist der Bahnsteig so voll, fahren die alle nach Leipzig?«

»Gut dass wir reserviert haben. Ja, die fahren alle zu Glorias Hochzeit.«

»Wenn's doch bloß schon vorbei wäre.«

»Wir machen das Beste draus, Lore. Wir betrinken uns und lästern. Wir bezichtigen, wie in alten Zeiten. Wie Thomas Bernhard mit Wittgenstein im Sacher.«

»Nein, du wirst bitte nicht lästern, Harry, diesmal nicht. Du hältst schön die Klappe, ich will da keinen Ärger.«

»Warum eigentlich nicht, diese Schwiegereltern, diese Bauunternehmer interessieren uns doch nicht wirklich.«

»Es gibt ja nur noch einen Vater, die Mutter ist längst tot.«

»Umso besser, muss sich das Kind nicht mit einer Schwiegermutter rumärgern.«

»Wie redest du denn, ich bin schließlich auch eine Schwiegermutter.«

»Du wirst ja diesem Basedow schwerlich in sein fünfzigjähriges Leben reinreden, oder?«

»Bredow, es wär nicht schlecht, wenn du endlich mal den Namen des Mannes lernen und behalten würdest, den deine Tochter da heiratet.«

»Ach, nicht Basedow? Ich . . .«

»Harry, bitte, ich ertrage jetzt keine Scherze.«

»Das ist aber schlimm. So was erträgt man nur mit Scherzen.«

»Hast du die Fahrkarten?«

»Nein.«

»Nein?«

»Nein.«

»Was nein?«

»Die hab ich eben einem Rentner geschenkt, der so traurig an der Ecke stand. Da, hab ich gesagt, fahren Sie doch mit ihrer Freundin nach Leipzig, das ist mal was anderes, das wird Ihnen guttun.«

»Harry, du machst mich wahnsinnig.«

»Das ist doch mal was. Wahnsinnig. Starke Emotionen. Soll ich dir was erzählen?«

»Kommt drauf an, was das wieder ist.«

»Soll ich oder soll ich nicht?«

»In Gottes Namen.«

»Bei deiner Lesung neulich ...«

»Geht das wieder los?«

»Nein, ganz was anderes. Bei der Lesung saß eine schöne Frau vor mir. Sie hatte ...«

»Ach, deshalb.«

»Was, ach deshalb?«

»Deshalb warst du so – so aufgekratzt, so wichtig. Deshalb hast du dich produziert, du wolltest ihr imponieren.«

»Darf ich vielleicht mal fertig erzählen?«

»Schöne Frau. Ich hätte es wissen müssen.«

»Sie hatte dichtes schwarzes Haar, wunderbar hochgesteckt mit so einem altmodischen Kamm, ich sah die Schultern in einem schönen weinroten Pullover, sie saß direkt vor mir, und ich hab mir immer ausgemalt, wie sie wohl aussieht. Ich hab mir ihre Augen vorgestellt, ihr Lächeln, ich hab mich auf das Ende der Lesung gefreut ...«

»Du hast dich ja sowieso die ganze Zeit auf das Ende der Lesung gefreut.«

»... weil ich sie dann ansehen und vielleicht ansprechen konnte.«

»Ich kenn die gar nicht, kenn ich die? Schwarze Haare? Hochgesteckt?«

»Und dann war die Lesung vorbei und wir standen noch zusammen und ich sah sie.«

»Und?«

»Grobes Gesicht, schiefe Zähne, unfreundlicher, mürrischer Ausdruck, schlechte Haut, ein Desaster. Die ganze Frau eine frustrierte, vernachlässigte Katastrophe. Aber von hinten ...«

»Warum erzählst du mir das jetzt?«

»Nur so. Einfach so. Eine Geschichte von Schein und Sein, Träumen und Sehen ...«

»Der Zug hat Verspätung. Da oben steht es!«

»Diskutier das mit Mehdorn, nicht mit mir.«

»Der ist doch weg.«

»Richtig. Aber anscheinend ist alles wie immer. Ist doch schön, dass manche Dinge immer gleichbleiben.«

»Hast du dann nicht mit ihr gesprochen?«

»Warum sollte ich?«

»Wenn sie schön gewesen wäre, hättest du aber?«

»So grausam ist die Welt, Lore, ja, hätte ich.«

»Wie bin ich von hinten? Was würdest du denken, wenn du hinter mir so säßest?«

»Ich würde denken: ach, da sitzt ja meine Lore.«

28 | HARRY

Wenn man so selten irgendwohin fährt wie wir, ist eine Bahn-
fahrt ein wahres Erlebnis. Man braucht die Gelassenheit eines
Elefanten, der so lange geduldig das Bein hebt, bis die Maus
sich endlich entschlossen hat weiterzulaufen. Die erste Klasse
schützt einen vor nichts, allenfalls vor ein paar betrunkenen
Fußballfans.

Es geht ja schon los beim Kauf der Fahrkarten. Clever, wie
ich gerne zu sein vorgebe, habe ich die Karten, nachdem Lore
das nicht hingekriegt hat, im Internet gebucht. So ein Zirkus.
Ich habe zwei Stunden dafür gebraucht. Die Verbindung war
schnell gefunden. Freitagmorgen hin, Sonntagnachmittag zurück. Sondertarif gab es ausgerechnet für die ausgesuchten
Verbindungen nicht. Ich versuchte andere – dasselbe. Vermutlich gibt es die Sondertarife gar nicht. Egal. Eine Bahn-
card haben wir nicht, also voller Preis. Dreimal flog ich raus,
bis ich endlich alles hatte. Zwei Personen, erste Klasse, Wagen 12, Platz 35 und 37, Ruhezone. Ich wusste gar nicht, dass
es das gibt, Ruhezone. Zwischendrin rief Ede mal an. Ruhezone, sagte er, da darfst du nicht telefonieren. Will ich ja
nicht. Na gut, sagte er, dann nimm das. Während des Ge-
sprächs flog ich wieder raus. Ich fluchte. Lass das doch ein
Reisebüro machen, sagte Ede. Nein, nun war mein Ehrgeiz
angestachelt, dem Internet nicht zu unterliegen. Endlich ging
es zur Zahlung. Ich tippte die Nummer meiner Kreditkarte
ein, es stellte sich heraus, dass die seit drei Monaten abgelau-

fen ist. Das ist das einzige, was ich Mehdorn und seinem Nachfolger nicht zum Vorwurf mache. Aber warum hat mich die Bank nicht unterrichtet und eine neue Kreditkarte geschickt? Klar, weil es die Bank gar nicht mehr gibt, und die, denen die Bank jetzt gehört, haben vermutlich andere Probleme.

Nun also im Zug. Gute Plätze, der Zug nicht überfüllt, wir beide am Fenster, zwischen uns ein Tisch. Man hätte die Spielkarten mitnehmen sollen. Haben wir vergessen.

Ruhezone wird durch das Logo eines rot durchgestrichenen Handys angezeigt. Der Zug fährt ab. Wir sind guter Dinge. Uns schräg gegenüber sitzt ein etwas windiger Vertretertyp, der sofort sein Laptop aktiviert und hektisch darauf herumdrischt. Dann klingelt sein Handy. Als Klingelton kreischt und lacht ein Baby. Der Mann hebt ab. Es ist, wir kombinieren schnell, seine Frau. Er sagt ihr, dass der Termin in Leipzig wahnsinnig wichtig sei und er mit Müller-Leipzig sicher zwei Tage brauche, um den Verkauf der Wohneinheiten verifizieren zu können. Er sagt feriwitzieren. Dann gibt er der Kleinen, die er Prinzessin nennt, den dusseligen Putzivater, der in der bösen Welt draußen Geschäfte machen muss, damit man wieder neue Videospiele kaufen könne. Wir werden Zeugen einer großen Lügengeschichte. Mit Müller-Leipzig vereinbart unser Gegenüber anschließend, dass sie sich morgen zwischen vierzehn und sechzehn Uhr treffen, dass das genüge, denn das Geschäft sei ja so viel wie in trockenen Tüchern. Als ich ihn gerade auf die Ruhezone aufmerksam machen will, führt er das interessanteste Gespräch: Mit einer Dame, die er ›Mäuschen‹ nennt, säuselt er darüber, dass er in knappen zwei Stunden bei ihr sei, sich schon auf ihre Höhle freue, sie in Gedanken jetzt schon überall küsse und sage und schreibe bis morgen dreizehn Uhr für sie Zeit habe. Sehr aufgeregt legt er auf. Lore prustet heraus, lacht laut. Der Vertreter wird rot und rettet sich in ein neues Telefonat. Ich will mir gerade die Telefoniererei verbitten, da klingelt hinter uns ebenfalls ein Handy und jemand führt ein lautes Gespräch über Fußball. Ein Schaffner kommt, will unsere Fahrkarten sehen. Ich sage ihm, dass wir Ruhezone gebucht hätten und er hier erst einmal für Ruhe sorgen möge, ehe er unsere Fahrkarten zu sehen bekomme. Das sei nicht seine Aufgabe, sagt er. Ich weigere mich, ihm die Karten zu zeigen, er geht einfach weiter. Ich habe Wut. Inzwischen teilt ein dritter Telefonierer seinem Freund mit, dass er mit der Tussi jetzt fertig sei, ein für alle Mal, denn wenn die ihn nicht hinlasse und ansonsten aber herumvögele, mache er das nicht mehr mit.

Lore schlägt vor, dass wir die Ruhezone verlassen und in den Speisewagen gehen. Das tun wir.

Wir trinken Sekt. Es ist friedlich hier, niemand telefoniert. Der Kellner ist muffig, der Sekt nicht sehr kalt. Ein alter Mann steigt ein. Umständlich verstaut er seinen Koffer, nestelt dann ein Handy hervor, wählt zittrig und teilt Olga mit, dass er jetzt im Zug ist, und zwar im Speisewagen, denn die zweite Klasse sei sehr überfüllt und im Speisewagen, triumphiert er, sei nun einmal keine Zweiklassengesellschaft.

Dann liest er Olga die Speisekarte vor. Sie scheint die Auswahl zu treffen, so dass er ihr versichert, er werde das Rührei nehmen. Er legt auf. Der Kellner empfiehlt ihm, statt des Rühreis, denn die Eier seien aus, doch den Tafelspitz zu nehmen. O ja, Tafelspitz, das gefällt ihm. Er bestellt und ruft noch einmal Olga an, um ihr mitzuteilen, dass Rührei aus ist, er aber Tafelspitz nimmt. Zufrieden legt er auf, schaut zu uns und sagt, dass er Tafelspitz regelrecht liebe. Könnten wir auch nehmen, sage ich, Lore stimmt zu. Wir bestellen auch Tafelspitz.

Mit viel Sekt kommen wir darüber hinweg, dass der Tafelspitz ohne Meerrettich serviert wird, denn Meerrettich, so der Kellner, sei aus. Lore hindert mich daran, mich mit ihm anzulegen. Es fällt uns nicht der Name des neuen Bahnchefs ein, was wir dem Sekt zuschreiben. Der alte Mann ist mit dem Tafelspitz sehr zufrieden, denn Meerrettich möge er ohnehin nicht. Seine Zufriedenheit teilt er auch Olga mit. Und die weiß auch den Namen des Bahnchefs: Grube. Wir haben wieder eine Feindfigur.

In Leipzig, kurz bevor der Zug hält, steht der Vertreter vor mir. Natürlich telefoniert er. Ja, meine kleine Prinzessin, säuselt er, der Pappi kommt jetzt mit dem Zug … ja mit dem Zugi an, und dann geht der Pappi Geschäfte machen und Geldi verdienen. Ja und du meine kleine Prinzessin gehst mit der lieben Mammi in den Zoo zu den Bärlilein, ja. Der Pappi hat dich ganz, ganz, ganz lieb, ja auch die Mammi hat der Pappi ganz, ganz lieb.

Auf dem Bahnsteig sehen wir, dass der Vertreter von einer Frau empfangen wird, die ihm leidenschaftlich ihre langen Fingernägel in den Rücken gräbt. Wir gehen zum Hotel. Hätte ich das gekonnt, so kalkuliert zu lügen? Nein, so dreist, so platt war es nie, wenn die Sinne mal verrückt gespielt haben. Es war doch immer ein Respekt da für den Menschen, mit dem man lebt.

Das Hotel ist ein riesengroßer Prachtschuppen, in den letzten zwei Jahrzehnten restauriert, für die gehobene Klientel, den Geldadel konzipiert. Eigentlich hasse ich diese Luxustempel. Schon in der Hotelhalle wird einem klar, es sind russische und deutsche Geschäftsleute, die heute noch das Geld haben, hier abzusteigen.

Das Zimmer kann man kein Zimmer nennen. Es ist eine Zwei- bis Dreizimmerwohnung, eine Suite im obersten Stock mit Blick auf die Stadt. Das Badezimmer hat in etwa die Größe unseres Wohnzimmers. Alles ist sehr prächtig, aufwendig, um nicht zu sagen protzig. Wir sitzen etwas zerschlagen, auch ein bisschen müde auf dem Bett und schauen uns um.

✻

»Ich sage dir, Lore, Frau Olga hat den Alten voll im Griff, was? Der pariert.«

»Schrecklich. Fahren denn nur Wahnsinnige im Zug?«

»Scheint so.«

»Das ist das pralle Leben. Darüber schreiben die Autoren nicht.«

»Hast du dieses Bad gesehen, Lore?«

»Ja, vor allem die Wanne. Alleine könnte ich in der gar nicht baden. Zu groß. Ich würde ertrinken.«

»Na, dann wirst du eben mit mir drin baden müssen.«

»In einer Stunde werden wir vom Chauffeur abgeholt.«

»Und wo ist das Standesamt?«

»Das Standesamt ist ein Schloss.«

»Wie?«

»Hier, schau, haben sie uns doch alles an die Rezeption gelegt. ›Standesamtliche Trauung mit anschließendem Essen im Gohliser Schlösschen‹.«

»Standesamtliche Trauung in einem Schloss?«

»Ja. Da – hier ein Prospekt des Schlosses. ›Heiraten im Gohliser Schlösschen. Ein besonderes Ambiente bietet Ihnen der barocke Oesersaal des Gohliser Schlösschens für ihre standesamtliche Eheschließung an jedem ersten Freitag im Monat. Ablauf und Umfang des Arrangements: Nutzung des Schlösschens für 1,5 Stunden – Standesbeamter und Pianist zur musikalischen Umrahmung der Zeremonie – Empfang und Betreuung der Gäste durch Pagen in Barock-Livree – anschließend Führung der Gäste nach der Trauung durch das Schloss.‹«

»Ich werd nicht mehr. Lore, wo sind wir hingeraten?«

»Jetzt müssen wir durch und wir gehen durch.«

»Wenn du es sagst. Okay. Pagen in Barock-Livree!«

»Mich erschlägt das ja auch.«

»Ich weiß. Ha, es gibt sicher jede Menge zu bezichtigen.«

»Weißt du noch, unsere standesamtliche Trauung?«

»Ja, Theo und Fridolin als Trauzeugen. Und Fridolin hatte einen Brautstrauß mitgebracht. Einen großen Strauß Petersilie.«

»Wir beide und die beiden, sonst niemand.«

»Und Fridolin hatte seinen Hund dabei. Der musste mit ins Amt. Und der Standesbeamte sagte: ›Halten Sie den Hund fest, ich bin Bluter!‹«

»Und kein Page in Barock-Livree – ach Harry, was ist da los.«

»Was glaubst du, wie prunkvoll morgen die kirchliche Hochzeit wird, wenn da jetzt schon so ein Gedöns gemacht wird.«

»Jedenfalls wird es spannend. So, ich muss mich noch zu-
rechtmachen.«

»Ich bin zurechtgemacht.«

»Dazu sage ich lieber nichts.«

»Gut so. Also, ich gehe jetzt schon mal runter an die Bar.«

»Ich brauche noch zehn Minuten, dann komme ich nach.«

»Okay, bis gleich.«

29 | LORE

Mein armes Kind. Meine arme kleine Gloria, Gloria Bredow, was hat sie sich dabei bloß gedacht. Es war ja alles noch schlimmer als erwartet. Dieser Mann, sie kann doch diesen Mann nicht lieben? Gut, man versteht fast nie, warum wer wen liebt. Aber es muss doch irgendetwas dasein, eine Übereinstimmung, eine Nähe, etwas Gemeinsames ... nichts. Er ist kleiner als sie, gut, kein Unglück. Tom Cruise ist auch kleiner als Katie Holmes. Viele Männer sind klein. Das muss möglich sein. Aber er ist viel kleiner als sie. Lächerlich geradezu, ganz ehrlich gesagt, aber wahrscheinlich ist das blöde und spießig von mir.

Ja, es ist blöde und spießig. Er ist etwas zu füllig, für einen kleinen Mann zu viel Speck. Sein Haar lichtet sich gewaltig. Er redet nicht viel, er schaut Gloria auch nicht verliebt an, genauso wenig wie sie ihn — alles geschäftsmäßig, nüchtern. Kommst du bitte? Reich mir mal den Aschenbecher! So als wären sie schon ewig zusammen. Eher Partner als Liebende. Laura mürrisch dazwischen. Der Vater hat Harry in irgendein Gespräch verwickelt, und mir hat eine Dame, deren Namen ich nicht mal kenne, von ihrer Italienreise erzählt. Die Trauzeugen kannte ich auch nicht, und die ganze Zeremonie war lieblos und platt und einfach nur entsetzlich. Ja, bis dass der Tod und so weiter, flüchtiger Kuss, Unterschrift, anschließend das Essen. Der Vater hat eine Rede gehalten, ich weiß nicht mehr, was er gesagt hat, Harry hätte das besser gekonnt, aber wir kennen hier ja keinen, nur Gloria und Laura. Ich hab unterm Tisch die Schuhe ausgezogen, weil sie drückten, und ich musste weinen, weil alles so lieblos, so primitiv, so – ja: sinnlos war. Harry sah das und fragte entgeistert: Du weinst doch wohl nicht?! Ich hab ihm die Schuhe gezeigt und gesagt, doch, weil die so drücken. Er hat es bestimmt nicht geglaubt. Er sah selbst unglücklich aus. Er hat zu viel Bier getrunken, auch hinterher, Bier zum Kuchen statt Kaffee. Hoffentlich wird ihm nicht schlecht, er sitzt noch unten an der Bar. Wie spät ist es? Halb elf. Morgen ist die kirchliche Trauung. Halb elf. Ich kann doch jetzt nicht schlafen, um halb elf, nach diesem entsetzlichen Tag. Ich geh auch runter. Ich geh an die Bar, zu Harry. Aber ich lass mich auf keine Diskussion ein. Ich hab jetzt dafür keine Kraft mehr. Bloß keine Diskussion. Ich will nur noch einen Schluck Rotwein trinken, damit ich schlafen kann, sonst nichts.

*

»Na, Harry, das wievielte Bier ist das?«

»Nanu, Lore, ich denke, du wolltest schlafen?«

»Ich brauch noch was zu trinken.«

»Kann ich gut verstehen.«

»Keine Kommentare, bitte.«

»Ich habe nur gesagt: das kann ich gut verstehen.«

»Mit Unterton.«

»Was, Unterton?«

»Du hast es mit Unterton gesagt.«

»Lore, komm, lass es. Das müssen wir jetzt nicht haben. Einen Rotwein bitte. Du willst doch Rotwein?«

»Ja.«

»Haben Sie einen kalifornischen? Dann den. Und so Nüsschen, bitte.«

»Ich will keine Nüsschen.«

»Ich will aber Nüsschen, und du willst auch Nüsschen. Du willst immer Nüsschen.«

»Heute nicht. Kannst du alleine essen.«

»Gut, ess ich sie eben alleine. Ich freu mich, dass du mir noch Gesellschaft leistest.«

»Ich kann jetzt nicht schlafen.«

»Versteh ich. In diesen Hotels schläft man sowieso immer schlecht.«

»Aber es ist ein schönes Hotel, findest du nicht? Wirklich Luxus. Und dass sie uns eine Suite gemietet haben ... wir haben drei Telefone, hast du gesehen?«

»Nee.«

»Doch, am Bett, auf dem Schreibtisch und direkt neben dem Klo, stell dir vor.«

»Drei Telefone, und kein Interesse, irgendjemanden anzurufen.«

»Doch, unser Kind.«

»Kind ist gut.«

»Ach, Harry.«

»Sag nix, Lore. Sag einfach nix. Da, dein Wein – komm, trinken wir: Prost. Auf uns.«

»Auf dass sie glücklich wird.«

»Sie ist glücklich.«

»Das sieht man aber nicht.«

»Was sieht man schon. Man kann doch nie reinsehen in einen Menschen, nicht mal in die eigene Tochter, nicht mal in dich.«

»Was? Du kannst sehr genau in mich reinsehen nach all den Jahren, und ich in dich auch. Prost.«

»Was siehst du denn, wenn du jetzt in mich reinsiehst, Lore?«

»Dieselbe Ratlosigkeit wie du bei mir.«

»Da ist was dran. Aber ich bin nicht so bedrückt darüber wie du, nicht so traurig. Lass sie doch. Lass los, Lore. Es ist ihr Leben.«

»Eine Mutter ...«

»Ja, komm, hör auf mit dem Scheiß, eine Mutter, eine Mutter. Du warst eine gute Mutter, du hast das alles prima gemacht, sie ist ihren eigenen Weg gegangen, fertig, aus, und auf dem Weg ist sie jetzt. Kann ich noch ein Weizen haben? Aber tun Sie die Hefe bitte richtig mit ins Glas. Danke.«

»Ja. Ich will auch gar nicht darüber reden. Ich will einfach nur so mit dir hier noch eine halbe Stunde sitzen.«

»Wir waren lange nicht mehr in einer Bar, was?«

»Was sind das alles für Leute, Vertreter und so? Kaum Frauen, doch, zwei. Sehen aber auch aus wie Männer. Businessanzüge.«

»Vielleicht heiratet bei denen auch jemand.«

»Sieht nicht so aus. Ich frag mich auch immer, wieso die Hotels überleben, solche Riesenkästen, die sind doch nie ganz voll.«

»Da, Nüsschen. Ach, du wolltest ja nicht.«

»Nein. Ich hab genug von diesem Essen da. Alles mariniert und püriert und von und an, vom Angusrind an Kresseschaum, was soll denn das.«

»Haute cuisine.«

»Drauf gepfiffen.«

»Zieh doch die Schuhe aus. Sieht doch keiner.«

»Warum das denn?«

»Ich denk, die drücken so?«

»Die drücken doch nicht, die ... ach so.«

»Aha. Dachte ich mir.«

»Denk jetzt einfach nicht mehr, Harry.«

»Jetzt isst du ja doch Nüsschen.«

»Ja, mein Gott, wenn sie hier schon mal stehen. Man wird ja auch nicht mal satt von so einem Affenessen.«

»Mir wär ein ordentliches Schnitzel mit Bratkartoffeln auch lieber gewesen.«

»Das muss irrsinnig viel gekostet haben.«

»Geld ist ja da. Noch.«

»Mal bloß den Teufel nicht an die Wand. Wenn da nicht mal mehr Geld wäre, was denn dann? Das kann doch wohl nicht der Mann ihres Lebens sein, dieser stumme Stoffel, der ihr nicht mal die Autotür aufhält.«

»Halt ich dir die Autotür auf?«

»Immer. Hast du immer gemacht.«

»Prost, meine Lore.«

»Prost, mein Harry.«

30 | HARRY

Ich war ja froh, dass ich keine Rede halten musste. Was hätte ich diesen Leuten zu sagen gehabt? Dass ich stolz und dankbar bin, dass unsere Tochter in eine so wertvolle Familie einheiraten darf? Dass ich zu schätzen weiß, was die Firma Bredow für unsere deutsche Wirtschaft bedeutet? Das hat der alte Herr selbst gesagt, dieser widerliche Herrenreitertyp mit der eiskalten Ausstrahlung, Konsul Bredow. Angenehm, sagte er und gab uns flüchtig die Hand. Während er in seiner Tischrede seine Familie und deren vielhundertjährige Geschichte pries und von den erfolgreichen Geschäften seiner Firma auch in diesen schwierigen Zeiten schwadronierte, als müsste er Aktionäre beruhigen, überlegte ich mir, was ich wohl gerne gesagt hätte.

Meine Damen und Herren, meine Frau und ich sind das, was man Normalbürger nennt. Wir haben keine Aktiendepots, keine Ländereien, keine Villen und keine Firma. Wir haben unser Auskommen, wir wollen nicht mehr, wir sind zufrieden mit dem, was wir haben. Freilich haben wir unsere politischen Ideale, und die unterscheiden sich sicher von den Ihren. Darum stehen wir den vierhundert Menschen, die in Ihrer Firma nun im Zeichen der Krise entlassen werden, natürlich näher als Ihnen. Wenn sich nun aber unsere Tochter, die wir gemäß unseren Überzeugungen und Werten erzogen haben, entschlossen hat, in Ihre Dynastie einzuheiraten, so möchte ich Sie um eines bitten: Geben Sie ihr nicht das Gefühl, von

Ihnen gnädig aufgenommen und zu Ihnen emporgehoben zu werden, sondern sorgen Sie dafür, dass sich für Gloria wirklich ihr Wunsch nach Glück erfüllt. Und ich möchte Sie bitten, dafür zu sorgen, das unsere Enkelin nicht nur mit den Ihnen wichtigen Werten des Geldes und seiner Macht aufwächst, sondern dass sie außerhalb Ihres Lebenshorizontes Orientierung findet.

In dieser Runde, meine Damen und Herren, sehe ich trotz des Wohlstandes, der jedem von Ihnen beschieden zu sein scheint, nur mürrische, unzufriedene, ich möchte sagen unglückliche Gesichter. Auf der Koppel vor Ihrer Villa, Herr Schwiegersohn, habe ich nur glückliche, lustige, zufriedene Pferde gesehen. Vielleicht ist es so gesehen nicht verkehrt, wenn ich Sie bitte, meine Tochter und meine Enkelin eher wie diese Pferde als wie Ihre Mitmenschen zu behandeln.

✻

»Das hätte ich gerne alles gesagt.«

»Nicht auszudenken.«

»Du lieber Himmel! Ja. Aber verstehst du, dass es mich wahnsinnig reizt, diese Gesellschaft mal aufzumischen?«

»Natürlich verstehe ich das. Aber das geht immer nur in Filmen.«

»Leider hätte man ja etwas zu verlieren: die Gunst der eigenen Tochter, denn wie sollte sie damit umgehen, wenn ihr Vater —«

»— es ist müßig, Harry. Sie hätten dich gar nicht reden lassen.«

»Ich hätte auch eine ironische Rede halten können. So nach

dem Motto, wie wir einfachen Menschen uns doch darüber freuen, dass unsere Tochter Aufnahme gefunden hat in so erlauchte Kreise, und dass uns das mit Stolz und Dankbarkeit erfüllt.«

»Ironie! Du glaubst doch nicht, dass diese Leute Ironie verstehen.«

»Da hast du recht.«

»Sie nähmen es für bare Münze. Sie würden sich darüber freuen. Und das wäre doch fatal.«

»Hast du mitbekommen, wie der Alte uns vor seinen erlauchten Gästen aufgewertet hat?«

»Den Satz habe ich mir wörtlich gemerkt.«

»Raus damit!«

»»Hat sich mein durchaus den schönen Künsten aufgeschlossener Sohn Frank nicht von ungefähr eine Lebenspartnerin aus einem der Kultur verpflichteten Hause gewählt, sind doch die Eltern der Auserwählten ein angesehener, renommierter Architekt und die Leiterin einer Stadtbibliothek, die mit den literarischen Größen deutscher Sprache engstens verbunden ist.‹«

»So ein Arschloch.«

»Wo hat er das bloß her?«

»Von Gloria. Sie schämt sich ihrer Herkunft.«

»Das glaube ich nicht. So ist sie nicht.«

»Lore, ich halte bei unserer Tochter mittlerweile alles für möglich – jede auch nur denkbare Anpassung. Auch das Nerzjäckchen heute in der Kirche.«

»Wir haben über zwanzig Grad.«

»Ja und, das stört die doch nicht. Weißt du noch damals in

Rom? Es war März und warm, und die Römerinnen trugen ihre Pelzmäntel spazieren.«

»Ach Harry, es ist alles so furchtbar.«

»Ich find's inzwischen spannend und grotesk. In einer Kutsche zur standesamtlichen Trauung im Schloss. Wann erlebt man so was schon mal. Drei Tage Unterhaltung pur! Ich hab jetzt richtig Spaß daran.«

»Und du wolltest partout nicht mitfahren.«

»Nur aus Bequemlichkeit, Lore.«

»Glaube ich nicht – du hast das alles befürchtet, was mir jetzt die Kehle zuschnürt.«

»Geht mir ja ehrlich gesagt auch so. Von wegen Spaß. Weißt du, was das Schlimmste für mich ist? Es sind nicht diese Leute. Die können mir egal sein. Aber unsere Tochter zu sehen, die da wie in Trance diesen ganzen Zinnober mitmacht, die benutzt wird, weil man neben dem Gartenzwerg von Sohn, der keine mehr aus der werten Gesellschaft abgekriegt hat, eine Frau braucht, die was hermachen kann, das ist bitter.«

»Hach, ich möchte sie schütteln und sagen, Kind, wach auf, du wirst in einen goldenen Käfig gesperrt.«

»Das hilft nichts mehr.«

»Braucht sie denn keine Zuwendung, Zärtlichkeit? Dieser Mann ist doch ein Holzklotz.«

»Der geht mit seinem Jagdgewehr besser um als mit seiner Frau. Und – hast du das gesehen – vor dem Schloss – Gloria streichelt die Pferde vor der Hochzeitskutsche. Ihr Bräutigam zieht sie ungeduldig weg.«

»Harry, wir müssen los. Kirchliche Trauung. Der Posse zweiter Akt.«

»Jetzt schon? Die Kirche ist doch hier um die Ecke. Da sind wir doch in zehn Minuten.«

»Aber wir müssen zur Villa, weil dort der Zug mit den Kutschen abfährt.«

»Wir wieder in einer Kutsche? Ach du Scheiße.«

»Same procedure as yesterday.«

»Können wir diesen Akt nicht schwänzen, Lore?«

»Nein. Mitgegangen, mitgehangen.«

»Na dann.«

31 | LORE

Kirche, Sitzordnung, Blumenschmuck, Hochzeitsmarsch, Orgel. Gloria an Harrys Arm, zum zweitenmal. Das erste Mal war es irgendeine Freakhochzeit, irgendwo. Das zweite Mal: Gloria an Harrys Arm. Das dritte Mal: Gloria an Harrys Arm. Laura im rosa Kleid. Ich in Tränen in meinem kleinen Dunkelblauen. Tränen, Tränen, innen und außen. Es ist, als wäre meine Seele zutiefst erschöpft. Ich kann nicht mehr, ich breche auseinander, ich zerkrümele, ich löse mich auf. Die Gedanken rasen in meinem Kopf, ich kann sie nicht festhalten. Kirche, warum Kirche, wir waren nie religiös. Und wirklich ein Nerzjäckchen, geschorener Nerz, ja: bildschön, weich, seidig. Gloria, hab ich gesagt, Gloria, weißt du nicht mehr …? Ach Mama, hat sie gesagt, das ist alles so lange her, man kann nicht ewig protestieren, das Jäckchen hat seiner Mutter gehört, warum soll ich es nicht tragen? Harry, so zornig. Der Vater so überheblich. Der Bräutigam so stumpf, so gar nicht da. Und meine Tochter sah schön aus. Schön in ihrem Nerzjäckchen und dem kurzen hellen Kleid, schön in den kühnen roten Pumps, schön mit ihrem lockigen Haar und dem kecken kleinen Hut, sie sah auch glücklich aus. Zufrieden. Angekommen. Sie ist jetzt zum ersten Mal wirklich irgendwo in einem eigenen Leben, in ihrem Leben, nicht mehr mein Sorgenkind. Ich sollte mich drüber freuen. Aber ich bin so müde, all dessen müde. Ich muss an mich denken, ausruhen, aufhören zu kreisen, herumzurennen, alles zu wissen, zu tun, zu organisieren. Ich muss aufhören, wichtig sein zu wollen. Ich bin nicht wichtig. Niemand ist wichtig. Ich bin klein und alt und kraftlos. Ich will nach Hause. Ich will nur noch nach Hause, schlafen. Das Atmen tut mir weh, seit gestern. Ich hab Schmerzen in der Brust, beim Atmen. Das ist ein Signal, es ist zu viel, alles. Die Hochzeit, mein ganzes Leben, all die Irrtümer. Das war ein langer Weg bis hierher, und ich möchte mich setzen, aber da ist keine Bank. Die Straße meines Lebens geht immer weiter. Ist Harry die Bank, auf der ich mich ausruhen kann? Nein, wir sind oft weit entfernt voneinander. Diese Hochzeit treibt uns seltsamerweise wieder näher zueinander. Aber ob das hält, ob es bleibt? Manchmal würde ich gern allein leben, aber so was darf man gar nicht denken — ich denke auch nicht etwa an Harrys Tod, ich denke nur: ein Zimmer für mich, Virginia Woolf. ›A room of one's own.‹ Jede Frau braucht ein eigenes Zimmer. Na ja, ein Zimmer hab ich—obwohl, nein, eigentlich nicht. Küche, Wohnzimmer, Esszimmer, Bad, Schlafzimmer, Glorias altes Zimmer für die Gäste, ein Gerümpelzimmer mit Kleiderschränken und Bügelbrett und Liege, auf die ich Harry verbannt habe, weil er zu sehr schnarcht. Ich hab kein wirklich eigenes Zimmer, gut, ich hab mein Büro in der Bibliothek, aber das teile ich mit Christa. Mit Christa und ihren ständigen Essenspaketen, mehr Essen als Bücher in diesem Zimmer. Ich sollte ein eigenes Zimmer haben. Eines, wo Harry anklopfen müsste, wenn er hineinwill. Und wenn ich NEIN rufe, darf er nicht rein. Warum will ich das, hab ich Geheimnisse? Nicht wirklich, nein, keine Geheimnisse. Ein Bedürfnis, allein zu sein und ein Gesicht zu machen, das niemand kommentiert. Zu schweigen, ohne gefragt zu werden: Was hast du? Ich werde das machen, ich werde das Gerümpelzimmer …

Harry wird wach.

*

»Du hast geschnarcht, Harry.«

»Ich hab doch gar nicht geschlafen, nur gedöst.«

»Du hast tief und fest geschlafen und geschnarcht.«

»Na und. Ich hab mich gestärkt für nachher.«

»Ich hab kein Auge zugetan.«

»Worüber grübelst du denn? Jetzt noch die rauschende Ballnacht und dann ist es überstanden.«

»Nix, morgen noch ein Frühstück im Familienkreise.«

»Großer Gott, müssen wir da hin?«

»Wir sind ja wohl die Familie.«

»Ich hoffe, ich raste nicht doch noch aus.«

»Tu's nicht, Gloria zuliebe.«

»Dir zuliebe.«

»Harry, mir ist so elend. Ich bin ganz matt. Ich fühl mich total kaputt.«

»Zieh heute bequemere Schuhe an.«

»Das ist alles, was dir dazu einfällt?«

»Mein Gott, was soll mir einfallen, ich säße jetzt auch lieber mit einem Weizenbier im Garten. Und einer Zigarre. Meinst du, man darf hier rauchen?«

»Im Zimmer bestimmt nicht, vielleicht unten an der Bar.«

»Scheißhotel.«

»Wir haben sowieso keine Zeit mehr für eine Zigarre. Wir müssen uns langsam mal fertig machen.«

»Ich bin ruckzuck fertig. Kaltes Wasser ins Gesicht, Hemd,
Anzug, Schuhe, fertig.«

»Krawatte?«

»Krawatte. Die weinrote, die ich mir bei Ede geliehen hab.«

»Heute Morgen in der Kirche hast du schön ausgesehen.«

»Warum hast du eigentlich so geheult? Die ganze Zeit hast
du geheult. So romantisch war's doch nun nicht.«

»Ich hab nicht darüber geheult.«

»Worüber dann?«

»Über das Leben. Über alles, über – da ist irgendeine Tür in
mir aufgegangen und dahinter war eben lauter Wasser.«

»Schön gesagt. Die perfekte Brautmutter, total in Tränen.«

»Ich geh unter die Dusche. Ach nein, lieber nicht, dann sitzen
nachher die Haare nicht. Ich dusche danach.«

»Ich auch. Fang du an. Was ziehst du an?«

»Das Seidene mit den Blumen.«

»Und bequeme Schuhe bitte.«

»Dazu passen keine bequemen Schuhe, dazu muss ich Pumps
anziehen.«

»Dann hast du wieder den ganzen Abend Schmerzen.«

»Ich hoffe doch, man sitzt am Tisch und ich kann die Schuhe
ausziehen.«

»Warum ziehst du sie erst an, wenn du sie dann doch ausziehen willst.«

»Das verstehst du nicht.«

»Ich versteh vieles nicht derzeit, Lore.«

»Zum Beispiel?«

»Dich. Deine Rührseligkeit. Deine Zerrissenheit. Dein ewiges Auf und Ab. Was ist eigentlich los? Ist das alles wegen dieser verfluchten albernen Hochzeit?«

»Ich weiß es nicht. Lass mich einfach in Ruhe. Augen zu und durch.«

»Augen zu und durch.«

32 | HARRY

Niemand kann mir weismachen, dass Gloria wirklich glücklich ist. Sie hat gezittert, als ich sie am Arm in die Kirche geführt habe. Ihre Tränen waren genauso wenig Tränen der Rührung, meine ich, wie die von Lore. Und Glorias Danke, Vater, dass du gekommen bist sagte mir viel. Sie sagte Vater und nicht Harry wie all die Jahre. Und sie sagte du, nicht ihr. Sie weiß also, dass vornehmlich ich es bin, der diese Gesellschaft nicht leiden kann, dass ich in meiner Ablehnung radikaler und konsequenter bin als Lore. Glorias Blick hatte etwas Flehendes: bitte mach gute Miene zu diesem Spiel, bitte lass mich tun, was ich tun muss, bitte versteh mich. Ich glaube, Gloria war mit ihrem bisherigen Leben verzweifelter, als wir wahrgenommen haben. Zwei gescheiterte Ehen, zahlreiche unglückliche Männergeschichten, die Überforderung der Alleinerziehenden mit Kind und Beruf, Geldsorgen. Und da kommt einer, redet ihr vielleicht anfangs von Liebe, hat Geld, bietet ihr das Paradies, ein Raus aus allen Sorgen, um den Preis der Anpassung an eine Gesellschaft, die die ihre bisher nicht war. Gloria ist, abgesehen von ein paar frühen sympathischen Protesthaltungen, nicht politisch, kein kritisch denkender Mensch. Meine Vorbehalte gegenüber diesem Milieu sind gar nicht die ihren, meine Kritik kann sie gar nicht teilen. Genau betrachtet steht es uns auch nicht zu, zu kritisieren und zu bewerten, was sie macht. Es hat uns nicht gefallen, dass sie mit einem Freak nach Indien ging, ihr ganzes bisheriges Leben hat irgendwie unserem kritischen Blick nicht standgehalten. Wenn sie jetzt so leben will, vielleicht weil sie einmal im Leben etwas richtig und gut machen will, dann sollten wir sie doch lassen, ihr das Gefühl geben, dass wir sie verstehen. Wenigstens das. Da bricht doch unserer sonstigen Haltung kein Zacken aus der Krone. Und sie wird vielleicht glücklicher, als wenn sie spüren muss, dass ihre Eltern wieder einmal auch diesen Schritt missbilligen. Und was Männer betrifft, denke ich mir, da hat sie vielleicht keine großen Illusionen mehr und ist bereit, Kompromisse einzugehen. Also, Harry, keinen Ärger machen, geduldig und souverän sein, auf die Rolle des alten Revoluzzers verzichten. Das kriege ich hin.

Herr Molitor, der Chauffeur, der damals Laura zu uns gebracht und wieder abgeholt hat, bringt uns zur Villa. Während Lore nachdenklich und still zum Fenster hinausschaut, unterhalte ich mich mit ihm. Er hat vor der Wende die Stasibonzen gefahren. Da wüsste er Geschichten zu erzählen, mit denen man Bücher füllen könnte. Seine neuen ›Herrschaften‹, wie er sie nennt, lobt er über alles, und er preist die neue Zeit, ist aber auch wie ich dafür, dass man die, die damals kleine und große Verbrechen gegen die Menschlichkeit begangen haben, nicht einfach laufenlässt.

Vor der Villa steht ein riesiges weißes Zelt auf dem Tennisplatz, der sogenannten Wiese mit Streifen. Eine Band spielt darin. Vor dem imposanten Eingang zur Villa stehen sechs Lakaien in Barockuniform mit Fackeln Spalier. Ich erkenne sie wieder, es sind die aus dem standesamtlichen Schlösschen von gestern. Ich gebe jedem von ihnen die Hand, was keiner der vielen ankommenden Gäste tut, und die Lakaien sind leicht verunsichert. Einer von ihnen hatte mir gestern erzählt, dass er früher bei der Volkspolizei war. Auch eine Karriere, denke ich. Wir werden langsam von nachdrängenden Gästen in die Halle geschoben, die so groß ist, dass wohl unser Häuschen bequem darin Platz hätte. Leni hätte gesagt: Harry, wie heizen die das und wer putzt die vielen Fenster?.

Es herrscht Hochbetrieb. Wir kennen niemanden. Es ist ein relativ altes Publikum. Herren aus der Wirtschaft mit teils jüngeren Frauen, alle sehr rausgeputzt, sehr viel Schminke. Schwarz und Weiß herrschen vor, Smokings und Abendkleider. Lore sieht mit ihrem bunten Sommerkleid aus wie eine seltene, exotische Blume. Sie gefällt mir so sehr.

Wir stürzen uns ins Gewühl. Verlieren uns, gehen eigene Wege. Als ich später nach draußen komme, um frische Luft zu schnappen, finde ich Lore auf einer Parkbank wieder.

*

»Na, Lore, ganz alleine hier draußen.«

»Ja. War mir zu viel Trubel. Es ist so friedlich hier.«

»Dann setz ich mich ein bisschen zu dir.«

»Schön ist das ja alles. Nicht?«

»Ja, doch. Mir wär es zu groß.«

»Ja, natürlich, mir auch. Mir ist dein Garten lieber.«

»Unser Garten, Lore.«

»Wo warst du die ganze Zeit?«

»Im Herrensalon. Habe mit Max eine Zigarre geraucht.«

»Wer ist Max?«

»Na, Glorias Schwiegervater.«

»Ach so, ja. Ist das jetzt schon dein Max?«

»Wir sind bei Max, Harald und Sie angekommen. Harry möchte er nicht sagen, das sei ihm zu salopp.«

»Und über was habt ihr geredet?«

»Er hat geredet. Über Schweinebanden. Das ist sein Lieblingswort.«

»Schweinebanden?«

»Jawohl.«

»Und wer oder was —«

»Schweinebanden, das sind die Ossis, die diese Villa so runtergewirtschaftet haben. Und die Slowaken, die ihm die Grundstücke nicht zurückgeben, die angeblich seiner verstorbenen Frau gehörten. Und die Schwarzen, die Namibia regieren. Alles Schweinebanden.«

»Was hat er mit Namibia zu tun?«

»Sein Bruder betreibt dort eine Farm. Da geht er regelmäßig mit Geschäftsfreunden auf Großwildjagd.«

»Das passt doch alles irgendwie ins Bild, oder?«

»Ab und zu schießt er eine trächtige Antilope, sagt er. Den Embryo bekommen die Neger. Die fressen da zwei Wochen dran, sagt er.«

»Das ist ja widerlich!«

»Er ist widerlich, Lore.«

»Und sagt er ›Neger‹?«

»Ja. Die Schweinebande, die regiert, das sind ›Schwarze‹. Die, die auf der Farm arbeiten, sind die ›Neger‹.«

»Und die ›fressen‹?«

»Ja, Neger fressen Antilopenembryos.«

»Ah, hör auf! Armer Harry, das musstest du dir anhören. Und du hast keinen Ärger gemacht. Respekt.«

»Es kam noch besser: Namibia, sagte er, würde zwar von schwarzen Banditen regiert, aber die schätzten wenigstens die Verdienste der deutschen Farmer für das Land. Dort, sagte er, spüre man an allen Ecken die deutsche Kultur. Ja, sagte ich, diese Kultur begann wohl 1904 mit Generalleutnant von Trotha, der im Auftrag des Kaisers achtzigtausend Hereros niederschießen ließ.«

»Was sagt er dazu?«

»»Ach, kommen Sie, Harald, das waren Wilde – heute interessiert das dort keinen mehr.««

»Ist der dumm?«

»Nein, Lore, diese Leute sind nicht dumm. Die sind sogar umfassend gebildet. Frank ist zum Beispiel Salem-Schüler. Aber sie sind eben erzreaktionär.«

»Und sie haben keine Manieren. Hast du gesehen, wie Frank isst? Wie ein Ferkel.«

»Wer das Geld hat, hat die Macht, und wer die Macht hat, kann auf die Manieren verzichten.«

»Ja, das ist wohl so.«

»Singt jetzt eigentlich dieser Peter Maffay?«

»Ach was, der war wohl doch zu teuer.«

»Na ja, es sind harte Zeiten, da muss man sparen, um nicht irgendwann zu hungern.«

»Und Hunger tut so weh, sagte Leni immer.«

»Ja.«

»Sie haben einen ehemaligen Schlagersänger aus der ehemaligen DDR engagiert. Er soll seinerzeit ganz bekannt gewesen sein. Ich kannte den Namen nicht.«

»Wie heißt er denn?«

»Schon vergessen.«

»John Ferguson, komischer Name. Jedenfalls aber ein Beitrag der westdeutschen Kolonialherren zur Integration eines Ostlers.«

»Zieht dich das nicht alles runter, Harry?«

»Nein, Lore. Standhaft, wir ziehen das alles durch. Ich versuche jetzt mal, ein Bier zu bekommen, und dann krall ich mir mal unseren Herrn Schwiegersohn. Mal testen, ob der was Vernünftiges in der Birne hat, oder ob der nur ein Klon seines Alten ist.«

»Aber mach bitte keinen Ärger – Gloria zuliebe. Versprochen?«

»Versprochen.«

»Ich kümmere mich mal um Gloria.«

»Tu das.«

»Die macht mir einen angestrengten Eindruck. Da muss Mutter wohl ein bisschen gut zureden.«

»Sag mal, hast du Laura mal gesehen?«

»Ja, die singt mit Freundinnen auf ihrem Zimmer Karaoke. Die kann das richtig gut – sie scheint da eine Begabung zu haben.«

»Also, gehen wir rein. Ins Gewühl. Auf in den Kampf!«

»Du bist so gut drauf, Harry. Ich glaube fast, dir gefällt es hier.«

»So weit, meine Liebe, kommt es nicht.«

»Na gut.«

»Übrigens, Lore, die Hochzeitsreise geht nach Namibia.«

»Ist nicht wahr!«

»Doch. Heia Safari!«

33 | LORE

Wenn mich jetzt einer fragen würde: das ist der perfekte Augenblick. ›Wenn das Herz denken könnte, würde es stillstehen.‹ Ich glaube, Pessoa. Das ist von Pessoa, oder? Das Herz kann denken. Es steht still, jetzt gerade. Das Herz, die Zeit, der Atem, die Gedanken, alles. Wie schön das war. Ausgerechnet auf dieser entsetzlichen Reise, auf dieser krank machenden Hochzeit erlebe ich einen perfekten Augenblick. Ich wünschte, ich könnte ihn anhalten. Kann man nicht. Aber das nimmt dem Augenblick nichts von seiner Kostbarkeit.

Ich bin glücklich.

Das habe ich schon lange nicht mehr gedacht, schon lange nicht mehr gesagt.

Ich. Bin. Glücklich. Jetzt.

Und dabei war es erst so furchtbar. Diese Kapelle, diese Musik, ich stand da völlig verloren rum und sah zu, wie dicke Männer ohne Jackett mit rausgeputzten Frauen ohne Lust tanzten, und plötzlich kommt mein Harry auf mich zu, sieht mich an, stellt sein Bier weg, packt mich und legt einen Tanz mit mir hin, dass alle Platz machen. Er hat der Kapelle irgendwas zugerufen, es wurde schneller, eine Musik von früher, ich weiß nicht mehr, was es war, aber darauf haben wir mal getanzt, damals. Und wie wir getanzt haben – ich dachte, ich fall um, mir blieb die Puste weg, aber Harry, wie ein junger Gott, zack, er hat mich rumgewirbelt und mich festgehalten, und am Ende haben alle geklatscht und er hat mich weggezogen und mir zugeflüstert: Das war's. Lore, wir gehen. SOFORT. Und dann sind wir raus aus dem Zimmer, alle dachten, wir wollten uns erfrischen, aber nichts da, Harry hat dem Chauffeur gewunken und wir sind sofort ins Hotel gefahren und. Ja. Und. Wie lange ist es her, das letzte Mal? Zwei Jahre, drei? Keine Ahnung. Ganz lange, wenn ich bedenke, wie schön es war. Wir haben miteinander geschlafen wie früher, als noch Lust und Leidenschaft da waren, als wir noch nicht alt und müde waren, wie frisch verliebt. Ja, wie frisch verliebt. Und nichts da, bei alten Leuten – alte Leute! Sind wir alte Leute? Ältere Leute, sagen wir: ältere Leute, bei älteren Leuten würde alles langsamer gehen, lange dauern. Nix da. Alles so, wie es sein muss. Perfekt. Und auch danach – tiefer, glücklicher Liebesschlaf, eng umschlungen, eine Stunde, zwei, das Telefon klingelte dauernd, vielleicht Gloria, es war mir ehrlich gesagt egal. Und jetzt lässt Harry gerade diese todschicke Badewanne einlaufen und wir baden. Eine Flasche Champagner hat er schon bestellt, ich fühle mich wie auf meiner Hochzeit, dabei ist es Glorias Hochzeit. Und dann so ein Abend, für uns –

Er ruft. Wanne ist voll. Auf ins nächste Abenteuer. Herrlich. Danke, Schicksal, wer immer du bist.

*

»Herrlich, Harry. Das duftet so schön, was ist das?«

»Keine Ahnung. Stand auf dem Wannenrand, irgendwas von Lagerfeld oder so.«

»Schon das zweite Mal in letzter Zeit, dass wir zusammen baden?«

»Ich dusch ja lieber.«

»Ganz früher haben wir oft zusammen gebadet. Und später hast du dich oft zu mir auf den Wannenrand gesetzt, mir ein Glas Wein gebracht, und wir haben uns ein bisschen unterhalten.«

»Wann hat das alles aufgehört, Lore? Wann und warum? Ich hab keine Ahnung.«

»Man wird müde, alt, langweilig.«

»Ich will aber nicht müde, alt, langweilig werden.«

»Hast du eben bewiesen, dass du es nicht bist.«

»Ich kann's noch, was?«

»Du blöder alter Angeber. Ja, du kannst es noch.«

»Ich bin glücklich, Lore.«

»Ich auch.«

»Noch heißes Wasser nachlassen?«

»Ja, ein bisschen.«

»Das tut gut. Mein Gott, tut das gut.«

»Herrlich. Werd ich zum Augenblicke sagen —«

»... verweile doch, du bist so schön ...«

»... dann magst du mich in Fesseln schlagen ...«

»... dann will ich gern zugrunde gehen.«

»Jetzt will ich aber grade gar nicht zugrunde gehen.«

»Das hoffe ich doch.«

»Aber komisch, Harry, großes Glück und große Traurigkeit — das liegt oft ganz nah zusammen, oder?«

»Kann sein. Im Moment bin ich glücklich, wenn ich diese Pulle Sekt heil aufkriege.«

»Hier in der Wanne darfst du ja rumsauen. Lass es knallen. Und überhaupt ist das kein Sekt, sondern Schampus, oder?«

»Klar. Der teuerste.«

»Das schreiben wir alles aufs Zimmer, soll der Schwiegervater zahlen.«

»Ich kenn dich ja gar nicht wieder.«

»Weißt du denn nicht mehr, wie wir mal auf diesem Schriftstellerkongress waren und da war dieser blasierte Holländer, der mich angemacht hat?«

»Genau, und als er weg war, haben wir die ganze Nacht auf seine Zimmernummer getrunken.«

»Das weißt du noch!«

»Ich weiß vieles noch. Zack! Schnell, dein Glas.«

»Ob Gloria uns böse ist?«

»Lore, das ist mir jetzt total egal. Wir waren da, wir haben geredet, gegessen, getanzt, wir sind alte Eltern, wir haben das Recht, zu gehen.«

»Wir hätten uns verabschieden müssen.«

»Prost.«

»Prost.«

»Auf dich.«

»Auf uns.«

»Wir können das morgen früh erklären.«

»Familienfrühstück. Ich darf nicht dran denken.«

»Ich auch nicht.«

»Müssen wir da hin?«

»Nein.«

»Nein?«

»Nein.«

»Und dann?«

»Und dann? Dann fahren wir stattdessen in aller Frühe, wenn

wir ausgeschlafen haben, still und heimlich zum Bahnhof, fahren zurück und pfeifen auf das Familienfrühstück.«

»Das können wir doch nicht machen, Harry.«

»Ich beweise dir, dass wir es können. Wir machen es einfach.«

»Unsere Plätze sind aber für einen späteren Zug am Nachmittag reserviert.«

»Meine liebe Lore, wir gehen in den Speisewagen, wir frühstücken schön, und danach setzen wir uns irgendwohin, das wird ja wohl an einem verdammten Sonntagmorgen kein Problem sein, und mittags sind wir zu Hause.«

»Und wenn jemand anruft, nehmen wir ab und sagen: es ist keiner zu Hause.«

»So kenn ich dich.«

»Du hast recht. Wir haben hier nichts mehr zu tun.«

»Doch. Schaumbad und Champagner genießen, wie im Film.«

»Harry, ich glaube, ich bin glücklich.«

»Du glaubst? Denk nicht drüber nach. Sei es einfach.«

EPILOG

Liebe Lore, nun bist Du vor mir gegangen. Christa aus der Bibliothek rief an. Ihre Frau, sagte sie, ist am Schreibtisch vor dem Computer eingeschlafen. Ich spürte keinerlei Dramatik in ihrer etwas einfältigen Stimme. Ja, dann wecken Sie sie doch auf, sagte ich lachend. Sagen Sie ihr, ich hole sie gleich ab. Sie ist tot, sagte Christa und weinte laut. Ich konnte es nicht fassen. Eine Woche vor Deinem letzten Arbeitstag hast Du Deinen Schreibtisch aufgeräumt, den Computer ausgemacht, den Kopf auf den Tisch gelegt ... Herzstillstand, sagte der Arzt. Dein Herz, das gerade wieder so sehr im Einklang mit dem meinen geschlagen hat, stand plötzlich still. Das ist ein friedlicher Tod, ein schöner Tod, sagt man. Wer wünschte sich den nicht?

Kann mich das trösten? Gibt es einen Trost? Ja, einen kleinen, dass wir uns am Morgen, als ich Dich zur Bibliothek gebracht habe, sehr liebevoll voneinander verabschiedet haben. Das war ja nicht immer so. Nein, es gibt keinen wirklichen Trost. Es gibt nur ein Weiterleben mit dem Verlust – oder – das war mein erster Gedanke – ein gemeinsames Ende.

Ich hatte zu Christa gesagt, ich komme sofort. Nun stand ich da, das Telefon noch in der Hand, vor der Verandatür und schaute in den Garten hinaus. Wir hatten ihn in den letzten Tagen auf den Winter vorbereitet. Es war Dir ganz wichtig, dass wir das zusammen machten, denn es sollte jetzt unser Garten sein. Seit wir uns in Leipzig und in den Wochen da-

nach so sehr wiedergefunden hatten, wollten wir das, was Du
einmal den Rest des Lebens genannt hast, gemeinsam verbringen. Harry, wer weiß, wie viel Zeit wir noch miteinander
haben, lass sie uns genießen, hast du gesagt.

Wir machten Pläne, wollten reisen. Den Winter wollten wir
irgendwo im Süden verbringen. Auf dem Couchtisch lagen
noch die Prospekte, die Du mitgebracht hattest. Gran Cana-
ria, Teneriffa, alle die Inseln, die Karibik. Wir hatten uns noch
nicht entschieden. Du hattest in der Bibliothek gekündigt.
Wir spielten schon Rentner, sahen uns an langen Stränden
schlendern, in schönen Hotels wohnen, das Leben genießen.
Wir waren wie junge Verliebte, denn wir hatten uns wiedergefunden.

Ich stand da, starrte in unseren Garten hinaus, wo das fast
zahme Rotkehlchen nach den letzten Körnern aus den Stauden pickte. Harry, sagte ich mir, wie willst du, wie kannst du
alleine weiterleben? Wie soll das gehen, wie wird das sein?
Mach Schluss, sagte ich mir, folge ihr, das Leben hat doch
so keinen Sinn mehr. Ich schaute mich im Wohnzimmer um.
Überall warst Du. Alles hatte seine Bedeutung nur durch
Dich, durch uns. Auf dem Tisch standen noch die Sektglä-
ser von gestern Abend. Wir waren sehr lustig, beschäftigt mit
unseren kühnsten Zukunftsplänen. Wir hatten den ganzen
Abend englisch miteinander gesprochen, denn Weihnachten
wollten wir in New York sein. Du hast Härri zu mir gesagt, ich
zu Dir Louri. Wir waren schön und leicht betrunken. Vorbei.
Ich ging ins Bad hinauf. Irgendwo musste es Schlaftabletten
geben. Ich fand keine. Im Spiegel sah ich einen traurigen,
uralten Mann. Dann saß ich auf dem Bett, in dem wir uns in

den letzten Wochen so wunderbar wiederentdeckt hatten.
Ich weinte. Wieder klingelte das Telefon. Ich ging nicht dran.
Du konntest es ja nicht sein.

Dann fuhr ich zur Bibliothek. Unterwegs musste ich an Theo denken. Jetzt auf die Autobahn fahren, Gas geben, an den Brückenpfeiler rasen. Ich wusste, ich kann das nicht.

Das Begräbnis war schrecklich.

Gloria, die angereist war, um mich bei den Formalitäten zu unterstützen, hatte, wie es jetzt ihre Art ist, für viel zu viel Brimborium gesorgt. Es ging nicht mehr um Dich, es war eine Inszenierung. Ein Prunksarg war für die Leichenfeier gekauft worden, der angeblich später verbrannt werden würde, was ich ohnehin nicht glaube. Kränze über Kränze, Blumengebinde, Schleifen mit Namen, die ich nicht kannte, Menschen, die ich noch nie gesehen hatte. Ein junger Pianist spielte Schubert. Spielen Sie was von Schumann, hatte Gloria zu ihm gesagt, meine Mutter hat Schumann über alles geliebt. Das konnte ich noch korrigieren. Spielen Sie Schubert, sagte ich, den hat sie geliebt.

Ein Pastor – ja ein Pastor, obwohl Du doch gar nicht in der Kirche warst –, ein Pastor redete belangloses Zeug und holte Dich sozusagen posthum in den Schoß seiner Kirche zurück. Wer weiß, was Gloria dem über Dich erzählt hatte. Rita, im Trauern geübt, weinte laut nach Art der Klageweiber. Es war peinlich. Laura und Frank waren nicht gekommen. Das Kind musste, hieß es, geschont werden. Es waren zu viele Begräbnisse in letzter Zeit, sagte sie. Frank hatte eine wahnsinnig wichtige Geschäftsreise nach Tokio leider nicht mehr verschieben können.

Zum Essen lud Gloria in die bürgerlich-biederen Ratsstuben ein, die wir immer gemieden hatten. Wieder waren da Menschen, die ich nicht kannte, Schulfreundinnen von Gloria, deren Männer und Kinder sprachen mir ihr Beileid aus oder redeten tröstend und ermutigend auf mich ein. Ich war wie in Trance. Immer wieder hörte ich durch meine Mauer von Abwehr den Satz: ›Das Leben geht weiter‹. Ja, sagte ich, danke, ich danke euch allen, aber jetzt will ich einfach gehen.

Doch das ließ Gloria nicht zu. Ede, der mir in den letzten Tagen die einzige Stütze war, betrank sich, machte auf Walter Matthau und sagte, er ziehe jetzt zu mir, wir gründeten eine Männer-WG und seien dann am Ende ›das verrückte Paar‹. Rita lachte so grell, wie sie am Grab geheult hatte.

Gloria ließ es sich nicht nehmen, mich nach Hause zu bringen und fortwährend mein Befinden zu belauern. Ich saß im Wohnzimmer und sie ging im Haus herum. Sie sammelte Sachen zusammen, die sie schon mal mitnehmen wollte, auf die ich sicher keinen Wert mehr legte, Erinnerungsstücke, wie sie sagte.

Später – ich hoffte so sehr, sie würde endlich gehen – setzte sie sich zu mir und redete auf mich ein, wie auf einen Kranken. Sie habe sich, sagte sie, Folgendes überlegt: Wir könnten das Haus verkaufen – schon das Wir missfiel mir –, ich könnte zu ihnen ziehen, Leipzig sei schließlich eine sehr schöne Stadt voller Kultur und Leben, sie würden mir das bisher brachliegende Pförtnerhaus ausbauen, dort hätte ich genügend Platz und könnte mich um den Park kümmern, sie habe das mit Frank alles schon besprochen, er sei damit voll einverstanden – ihr Schwiegervater natürlich auch.

Ich sah sie an, und ich wusste, dass sie alles, was ich jetzt sagte, als Undankbarkeit auslegen würde.

Nein, sagte ich, ich habe ein Haus, ich verkaufe es nicht, und ich brauche kein Pförtnerhaus. Ich habe einen wunderbaren Garten, und ich brauche keinen Park, und das hier ist auch eine schöne Stadt voller Kultur und Leben. Und diese Dinge da sind auch für mich Erinnerungsstücke, die lässt du bitte da.

Sie sagte nichts, stand auf, packte ihre Sachen, um zu gehen. Selten war mir diese Tochter so weit entfernt wie in diesem Moment. An der Tür gab es noch eine halbherzige Umarmung. Du tust dir doch nichts an, Vater? Nein.

Dann war ich endlich mit meiner Traurigkeit, mit Dir, meine Lore, allein. Nein, ich werde mir nichts antun. Ich werde hier weiterleben in unserem Heim, mit all den schönen Dingen, die wir über fast vier Jahrzehnte zusammengetragen haben. Sie werden mir der Trost sein, denn sie werden mir immer wieder unsere Geschichte erzählen. Zeit, Schluss zu machen, wird sein, wenn mir ein Altenheim oder das Pförtnerhaus droht. ›Zeit zu Leben, Zeit zu sterben‹, ist das nicht der Titel eines Buches, von dem Du mal erzählt hast? Ich weiß es nicht mehr. Vielleicht hätte ich Gloria das erklären sollen. Sicher meinte sie das gut, was sie sich ausgedacht hat. Aber ich konnte ihr ja noch nie etwas erklären.

Jetzt sitze ich an Deinem kleinen Jugendstil-Sekretär, den ich Dir zur Silberhochzeit geschenkt habe. Da stehen Deine Lieblingsbücher. Du hast ihnen einen besonderen Platz gegeben, Du wolltest sie ganz nahe, griffbereit bei Dir haben. Sie waren Dir so wichtig. Wie oft hast Du aus ihnen erzählt oder vorgelesen.

Marlen Haushofer, ›Die Wand‹. Das habe ich damals auch gelesen. Die anderen nicht. Christa Wolf, ›Kindheitsmuster‹, Katherine Mansfield, ›Erzählungen‹, Per Olov Enquist, ›Kapitän Nemos Bibliothek‹. Ach und ›Das Fischkonzert‹ von Halldór Laxness. Daraus hast Du immer vorgelesen, als wir in Island irgendwo auf der Wiese saßen und Picknick machten. Deine Bücher, Lore. Ich werde sie lesen, um Dir nahe zu sein, um zu ergründen und zu verstehen, warum es Deine liebsten Bücher waren.

Über dem Sekretär hängt ein Foto, von Dir, wie es immer deine Art war, schief an die Wand gepinnt. Ich habe es vor ein paar Wochen gemacht. Du mit grüner Schürze und Spaten als Gärtnerin posierend. Du siehst so schön und glücklich aus und strahlst mich an. ›Die Gärtnerin aus Liebe‹ hast Du mit Filzschreiber daruntergeschrieben.

Ach Lore, Du fehlst mir. Warum bist Du jetzt nicht da und hast das letzte Wort. Das wolltest Du doch immer haben. Sag doch was.